时光的色彩

SHI GUANG
DE
SE CAI

高超峰 著

长江出版传媒　长江文艺出版社

图书在版编目（CIP）数据

时光的色彩 / 高超峰著. -- 武汉 : 长江文艺出版社, 2025. 2. -- ISBN 978-7-5702-3908-5

Ⅰ. I227

中国国家版本馆 CIP 数据核字第 2025DG6394 号

时光的色彩
SHIGUANG DE SECAI

责任编辑：王成晨	责任校对：程华清
封面设计：李 鑫	责任印制：邱 莉　王光兴

出版： 长江出版传媒　 长江文艺出版社
地址： 武汉市雄楚大街 268 号　　　邮编：430070
发行： 长江文艺出版社
http://www.cjlap.com
印刷： 湖北新华印务有限公司

开本：880 毫米×1230 毫米　1/32	印张：7.25
版次：2025 年 2 月第 1 版	2025 年 2 月第 1 次印刷
行数：4378 行	

定价：45.00 元

版权所有，盗版必究（举报电话：027—87679308　87679310）
（图书出现印装问题，本社负责调换）

不可忽略的时间之疼
——高超峰诗集《时光的色彩》序

峭 岩

诗人潜入时间内宇宙,将捕获的诗歌的灵异之光,调和成一种文学的营养,反哺自己的心灵,同时为人们认识自我,提供了可以借鉴的价值。他以"时光的色彩"为突破口,为我们打开了一个通道。尤其在人心浮躁的当下,作者另辟蹊径,深入时间内部,寻找诗的存在,可说是一道别具格调的风景。

时间给我们的印象是:无形、无味、无声、无色。它无处不在,又不可触摸。但作者反其道而行之,时间在他的笔下是有形、有味、有声、有色的,即森林深处,"雨水牵着河流的手/将一张前朝遗传下来的宣纸/分割、幻化。穿透墙壁/心随影,影随心/正对着每日出入的这道玄关"。

被遮蔽的时间里,作者看到很多条鱼:"首尾相接/像一道俯卧的水柱/两侧泛起的波浪/差一点儿将我淹没/鱼眼望着我/我也惊恐地看着它们/从我身边穿越/惊醒后/我知道这是被遗忘的食物/催促春天去养森林"。

显然,这是时间在诗歌里的状态,也是诗人的心态外化成的意绪形成的文字。这样的笔法和功力,足以完成一部《时光的色彩》。

由此,我联想到伟大的诗人歌德,他有一部巨著,《色彩学》。他在这部论著的首篇这样写道:

> 这些颜色我们之所以合理地将其放在最前面来讲,是因为它们属于主体,因为他们一部分是完全地、一部分是最大程度地属于眼睛。虽然这些颜色构成了整个色彩学的基础,并且向我们展示了一种饱受争议的"色彩之和谐",可是迄今为止,它们却一直被看作不重要的、偶然的,被看作"假象"和"缺陷"。从而,尽管这些现象很久以前就为人所知,可由于它们具有倏忽易逝的特性,人们无法"捕获"它们,于是便将它们逐入了"可耻的幽灵之国度"。

不难看出歌德当时坚守色彩学的绝决和无奈。然而,虽然他的色彩学有些争议,但色彩的存在是不容置疑的。那么,将"时间的色彩"上升到诗歌的层面,恐怕也是合理的,因为作者是在文学的层面进行借喻或夸张。

回归到人与时间的主体上,时间是丈量人的尺子,而人又是时间的主人,在时间的链条、时间的旷野上奔走,必然有各种各样的姿态和心理感悟,这种感悟在诗人眼里就形成了"颜色",也就是时间的衣服。我们怎么穿好衣服,做时间的主人,既是诗人要完成的诗意工程。

诗评家吴思敬曾说:"诗人与现实的关系,就是一个灵魂唤醒一个灵魂,或撞击一个灵魂,或抚慰一个灵魂的关系。"无疑，本书的作者已完成这样的使命。

时间给了我们大片的风、大片的雨、大片的光、大片的思想。作者并没有止步于"时间"的表象描摹，而是把目光投向无象的空间，寻究心灵的感悟，企图发现人的未知部分，并加以诗化的书写。作者的一切努力，都是为了把时间融入具象（心灵）之中，从而让我们经历的时间，折射出陌生的又是深刻的、微妙的又是神性的灵动之光。

在诗人的笔下，春天是这样的："我生在三月，五行属木／为此我热爱花草／也是花草的一部分／／我需要粮食／需要用粮食换回来花园／以及花园里那些桃树、梨树、杏树／／我学会扶着犁铧／套上一头牛、一头狼／翻耕土地／／后来我却成为粮食的一部分／被五月的镰刀收割／被秋天的旷野展示／／而春天，像一张启示录"（《春天，是不可忽略的一部分》）。

"我是花草的一部分，成为粮食的一部分"，这是诗人对于春天的思考，让人思味。

大片森林给诗人的醒悟是："雨水牵着河流的手／将一张前朝传下来的宣纸／分割、幻化。穿透墙壁／心随影，影随心／正对着每日出入的这道玄关／／视觉消瘦／甚至一杯酷爱的烈酒，忌惮／柔软相遇。树叶渐渐枯黄／当鹿回头的一瞬间／梅花却在寒冬里与鹿合为一体"（《林深处》）。

梅花鹿与梅花在转身的一瞬，共同成为森林的一景，细腻又灵异。

小鱼的生活如此让人钦佩："我看见浅滩、湖泊／海湾和沼泽，以少有的姿态靠近朱鹮/小鱼儿，一些在水里的事物开始柔软/柔软得让我在丝滑的温暖地带/不想睁开眼。用一根细长的线把梦捆起来……我也试图在灌丛和树林的下层/以更低的白色遮掩瞬间踊跃的红/以树枝摁住这消瘦的喙，建造结实的巢/繁殖更多的梦幻"（《一切都在生长》）。

显然，诗中一些"开始柔软"的地方，是心在柔软。心理的变化，象征着成长。

在时间的缝隙里，诗人看到了自己："一棵树在飞鸟出发的地方/埋下最初的线索。女儿红/散装纯粮酿造的香醇/而我作为农夫/只拥有镰刀、一头牛/在飞鸟掠过的天空下/躬耕泥土//月亮升起来了/四散的火星/照亮我钟爱的花园/莲花成为玫瑰/玫瑰成为百合/我躺在牛的反刍里/开始咀嚼一生/种植的粮食以及植物"（《在时间的序列里》）。

这种咀嚼的感受，是对过往、对生命的初始渴望的反思。

时间的颜色到底是什么样的呢？至此已有了完美的答案。其实，时间的颜色即人的颜色。人的境界、格局的大小，决定了时间所有的底色。

唯有时间的疼感，才是诗歌的全部。当然，只有觉悟的、清醒的、有才情的诗人，才能走进时间的内部，窥探时间之内的美学基因，他洞察秋毫，又反醒自身。在这个美学形成的过程中，诗人也达成了他自我救赎和警示他人的目的。

回到诗歌文本，我想说的是，关于时光的颜色的命题，是诗人书写的一种冲刺,也是突围,更是诗歌文本的冒险性创新。作者成功了,他在诗意里站立,而且沉稳而笃定。我想每一个读者,从中都可以分享到一种意外的、诗的深刻和美感。

于花园书斋

目　录

辑一　时光的河流

时光之瓣	003
掩于岁月	004
彼岸	005
夜间我发现自己在荒原上	006
倒影	008
故乡像砂罐一样煎熬我的疼痛	009
发现	011
我必须让春天活过来	012
那几年，风吹麦浪，火车和村庄	013
空楼梯	014
故乡的河流	015
我常常被噩梦惊醒	016
在通往村口的路上徘徊	017
断裂	018
石榴树	019

故乡在背后	020
红薯地	021
我爱这蛙鸣	022
秋水,同时也在彼岸	023
秋天的色彩	024
老院子里有一群小麻雀	025
花婶	026
芦花,系住村庄最后一条河流	027
故乡成为一个象征	028
向着天空	029
站在纪念碑下	030
孤独的守望者	032
时间的灯盏	033
我和白桦有个约定	034
来路与归处	035
秋分	036
十月展开的辽阔	037
如果秋天只剩下几厘米	038
倒走看见的伤逝	039
两层楼	040
堂前燕	041
磨坊、豆腐及其他	042

目　录

目盲　　　　　　　　　044

雷打冬　　　　　　　　045

石碾　　　　　　　　　046

槐花香　　　　　　　　047

山坡上的花　　　　　　048

子夜的小村　　　　　　049

辑二　时光的色彩

拥抱过后的漫长　　　　053

林深处　　　　　　　　054

秋天的童话　　　　　　055

放逐　　　　　　　　　056

消失的边界　　　　　　057

一朵花的睡眠　　　　　058

秋花不开掌心上　　　　059

暗伤　　　　　　　　　060

放一只耳朵在天上　　　061

空　　　　　　　　　　062

记忆中的吉他声　　　　063

愈来愈低的秋蝉　　　　064

镂空　　　　　　　　　065

以长夜的底部作诗	066
旅行者的怅望	067
时间无法让生命回到起点	068
黄昏的河流	069
秋天正与风做另一场较量	070
在时间的序列里	071
甘草	072
小雪	073
弱	074
一场雪在我体内降临	075
百本	076
简单和弦	077
大雪	078
冬天的阅读	079
等一场雪	080
所有的枯败,都是我的	081
咀嚼铁屑	082
被遮蔽的时间	083
天空没有翅膀飞过的痕迹	084
螃蟹在剥我的壳	085
整个生活至今仍是你的镜子	086
没有可移动的光	087

凿好的雕塑	088
经卷上的尘埃	089
金钱豹	090
八仙与竹	091
五只蝙蝠	093
红宝石	094
金蛋	095
循环	096
夜风	097
练声	098
细嗅冬天的气息	099
雪深处，雪之殇	101
种雪	103
沿着冬天的雪走向春	104

辑三 时光的错觉

冬至	107
丹顶鹤	108
关山	109
冬至以后	110
一切都从春天开始	111

我是春天里可信的一部分	112
其实，我是生于三月	113
如一株花朵对待尘世	114
春风，是燕子的灯盏	115
与鹿蹄草的重逢	116
春天的失误	117
因为相信，我愿意被春天囚禁	118
我所消损的时间	119
春天，是不可忽略的一部分	120
我听见的声音也是无法辨别的	121
关山，仍然是一座山	122
我相信，春天依然是温暖的	123
那些永不消失的白天鹅	124
请来漠河舞厅	125
失踪者	126
乡关	127
春望	128
我为春天准备的风骨	129
五花马	130
春天，像一只斧头	131
与徐长卿的重逢	132
醒水	133

皆为序章	134
大寒	135
夹竹桃的春日	136
一切都在生长	137
那些遥远的年味	138
此时夜幕刚好合拢	140
女占卜者	141
灯火未眠	142
等深线	143
阅读者	144
代表作	145

辑四 时光的灯盏

第十九棵棕榈树	151
打虎口	152
回家的路	153
来不及有太多的悲伤	154
只会一种方言	155
黄昏	156
苦楝树	157
风的轮廓	158

偷窃者	159
台阶	160
一只酒杯的忧伤	161
钻天猴	162
眼镜蛇	163
桃花源	164
比我们还遥远的九月	167
掩耳	168
渗透	169
空空如也	170
参照物	171
栅栏	172
返照的镜子	173
听见的低语	174
剃刀的边缘	175
萤火虫	176
午后的雨,像散章的相思没有秩序	177
退至江湖之远	178
像青苔一样想你	179
云播放	180
一只乌鸦	181
一朵花开在生命的出口	183

草色在盲风中	184
燃烧	186
田园与隐者	187
像一只鹳鸟迁徙	189
朱鹮	190
关闭不了的春色	191
月光里的翅膀	192
有关秋天的叙述	193
青春	196
昼夜分割线	197
第一种色彩	198
穿过幽暗的岁月	199
有个人在喊我	200
秋天静美的，不只是蓝	201
不如等风	202
秋天过于精致就等于伤害	203
只是栖息片刻	204
走在镜子深处的影子	205
麻醉师	206
白芷	207
秋天若溃败，时光在另一个地方将与我会合	208
我也要养两只鹤	209

习以为常的眺望	210
曼德拉草	211
每个想象的词语终将与现实偏离	212
被风吹散的我们	213
后　记	214

辑一 时光的河流

一条河流,把那些树木与时光连接起来,愈燃愈旺,清晰可辨的是时光倒影中的影像,一边渡沧海的漂泊,一边观彼岸的舞蹈。

目睹了更深的离去,时光和流水紧紧拥抱在一起。我只是其中的一部分,观可观,见所见,一切都有因果。

时光之瓣

当你放下抑郁。会重复那句话
让一颗心在白发里韬光养晦
认出童年的桑葚树下
哪个是我,哪个是你
仿佛时光之瓣,汲取了彼此的灵魂
在朝拜的路上惦记爱情

我适时地解开缆绳,让风自由
印象中的水流抵达墓地
花在曾经盛装的陶罐里解语
深藏的绿意
替我把握四季的脉象,剩下的树
或者河流,在迂回的陆地
打开缺口
如果,你的手指
伸向乌鸦带来的火焰
我会在一滴露水里复活

掩于岁月

隔着门缝。满园的蒿草
淹没视觉。你只能想象
父亲牵着母亲的手
在墙上的木框里试图
走出来,告诉你一些因果

而锈蚀的风
不再引导隐约的耳语
阳光一层一层
从石碾上剥落,褪色
你没有看到一个邻居,甚至
没听到一声犬吠

珍藏在老屋里的一对椅子
会在某年的冬天迎娶新人

辑一　时光的河流

彼　岸

这条河是自然生成的,与我们的身体无关
借此,可以清洗前半生被销蚀过的骨髓
剥离油脂,只剩下绿色的脉络在昼夜之间传递

我热爱这空间以及它拥有的眺望
短暂的彩虹照亮镜子,整理发髻,剃须
陡生青春的悬念

两颗星星。远远守望,互相寻找彼此的位置
从迁徙的鸟身上听到潮汐
或是无声无息,躺在黑夜与黎明的交接处
一匹马拖来草原,发出共振的回响,拥抱在一起

我们在田野里耕耘,摆脱贫瘠、荒芜
有时会忽略光芒的刺伤了距离的皮肤
使它成为时间的痣,因为噩梦而被蛊惑

树,窥视了我们的根源,在年轮上绘画
记忆在增长,一圈又一圈,比时光真实
它们的后半生将从纠缠的生长中
而稍感宽慰。我也将纯粹地从肋骨间生出翅膀

夜间我发现自己在荒原上

我熟悉这种黑夜,越过城市的包围
从照亮的边界出去
从守夜人身边回来
这多么像我垂下眼睑,不愿探究那口井
时间在它的深渊里长出白发
手茧缝补着夜的裂缝,空自欢愉
但是在雨后的宁静里
你发现我走在荒原上
在梦境中得到彻底放松,舒缓神经
可以听到你悦耳的歌唱

窥视的气味使人想起在更远处
与我们那棵香椿树的香迥然不同
村落的麦穗呼唤
你的眼睛盯着暮色,纯净而胸怀期待

我必须拉着你飞奔。在缓慢的日子里
蜕变触摸不到的爱情,和她一起溶化
在这贫瘠的庄园,焕发理想和激情
我们如儿童时代被母亲赋予自由的心
听她说:孩子,快点睡吧

一个拾荒者,远离了这个村落
饮着冰冷的水。蜘蛛在我穴居的空间里结网
有一盏灯,出自深处
呼唤我回到最初出发的地方

有一片属于我们的土地
长满蒿草,在五月的天空下
蒲公英在飘。香椿树围着空屋自始至终
莫名地香。孤独而沉默
呼吸在这里埋葬

倒　影

小时候，它还是一个水漂
穿过一条河，就能让炊烟引来
麻雀，睁不开两粒小石子的眼
解脱刚刚消失的漩涡

后来。它变成麦子
整个五月，把阳光都包裹
蛙鸣声，越来越远
反光的镜片，拖来长长的玉米叶子

如今它从我的头顶
向下生长。有时我想抚摸它
它却羞涩，柔软的三月
扶不住我的身子

辑一　时光的河流

故乡像砂罐一样煎熬我的疼痛

一半身体　　被砂罐盛装
还有许诺的茱萸
弯弯的河流正以久违的蓝色火焰衬托
它的漂浮
砂罐等待煮沸的那一刻

而另外一半，在抽象中
回到土地以下，抚慰肋骨的疼痛

这看起来，多么像你手指里收紧的笔
正摩挲油布，绘画。记忆在增长
比五月里的麦子还要真实
种子在风吹的地方品尝着另一世界的暗影
周身坚韧地生长

我爱这砂罐。斑驳的脉络及沸腾的呼吸
支撑着骨骼
参差不同的药引
我也愈来愈纯净
现在，我感觉一生最美好的时光
沉浸在无边的色彩里

因为这创伤,始终在蝎子的毒液里
闪耀光辉,医治我的沉疴

砂罐的核心,燃烧着几片绿叶
使我产生意象的爱情,尝试用手指抓住
最后的稻草,引诱上帝派来的乌鸦

发　现

我曾经睡在一口白皮棺里
用父亲的吊锤吊一下是否垂直
拐尺、直角尺测量它的角度
整个结构在我的睡意中是充满温暖的
幻想自己将来是一个鲁大师

那是属于爷爷的。爷爷说，如果你
躺在里面能听见青蛙呱呱的叫声
就能做一个天才的诗人
为故乡接生更远的蛙鸣
我开始守候池塘

我必须让春天活过来

成排的白桦林高高地飘荡在无边的
北方,尾随的风一直试图吹灭夜的灯盏
你想坐在路边的一座青石板桥上

栏杆附着星星的火追逐
风的方向,像三世散开的双翼
渐渐沉重。难以测量的
呼吸尚未迈出一步的距离

黑暗边缘,又有一个人
咬掉岁月的乳头

我必须让春天活过来
让它隐藏的灵魂以及所有的预言
刻在曾经被血浸泡的红砖里
然后会被你发现,被你重置
一个短暂的记忆。是那么不堪一击

辑一 时光的河流

那几年，风吹麦浪，火车和村庄

芒种之前，它们必须躺在盛好的圆缸中
酝酿庄稼人的喜悦、一个梦
再之前，芒刺划破手指
阳光灼烧皮肤，望不到边界
被风掀起疲惫，让仲夏夜睡倒在
虫鸣里。遁逃的意念
五月，盘缠于所有的希冀
午后的光线差一点失去脚踝
晕眩，不知所措
愈发加深了季节的颜色
在尘埃中越拉越远

之后。是谁把我从麦浪中
唤醒，踏上远方的火车
村庄在我的身后哭泣
回家的路越来越长
有时候，甚至不敢想起
每一声与夏天有关的
犬吠或者黄昏，埋在土地深处
故乡，像一部旧电影偶尔泛起思念的涟漪
麦子至今生长着，而我已无镰刀

空楼梯

它旋转着,未曾停止过
我在十年前的秋天,坐在那里
晕眩。藏匣好像读懂了心事

他们一个一个牵手
走近我,瞬间又离开
风,趁机嘲笑我盲目

漏洞也在这年,被缝补
而潮湿仍持续生锈
我重新换上一把锁

一直等二月的杏花
在向阳的山坡,对着我笑
才会打开,这一级又一级的疼痛

故乡的河流

故乡的河流只流向童年
那时你的双目纯真得可以
看见任何事物。当春天的花漫山遍野
你也可以是一朵花灿烂几个季节
让苍老的父亲为你多栽几棵树

当你随秋水一节一节长高
能写竹简里的故事
试图解开一条河流的束缚
让两岸的草木之情重现。天就下雨了

沉思多年的骨骼,被染了色
漂浮在河流之上,以及更远的洼地
落叶可以提示的钟声,深了又浅

从陶罐里开始熟稔发酵的粮食
披上种子的壳。寻找季节的开裂
趁一个黑夜在村庄的磨盘中
我成为一头驴,似乎能从磨道的轨迹上
找到这条河的渊源

我常常被噩梦惊醒

我的胃近年来,被杂草刺破
流出大量的谷穗和麦芒
一直引以为豪的视力
越来越无助地看着它们
摧残我瘦弱的身子

常年没有滚动的石碾
就这样轻易地碾压过去
从我的脖颈上面

赖以生存的手倚在门框上
生锈的殷红,血衣样从下至上
包裹了来不及逃脱的翅膀

一棵玉米树开始出现
缠绕得我无法入睡
青翠的叶子和刮胡刀的锋利
有着惊人的相似

辑一 时光的河流

在通往村口的路上徘徊

如果顺着秋风
我可以着陆在红薯地里
你看那大朵白云,降落伞一样
能把我安全地扔在红薯叶上
与露水亲切交谈。谈很高的云端之上
我是怎样越过了大海、陆地,以及
茂密的丛林、荆棘
回到了这一望无际的庄稼地

秋声从晦暗的暮鼓里
渐渐逼近故乡的河流
一棵树仍然长在村口的瞭望台
四周围起来的古砖
每日收敛过往的几声咳嗽
或者袅袅升起的烟圈
打量每一个人的肥胖或者消瘦

转身之际我必须把头颅仰起来
看天空,看北雁南飞

断　裂

当村后的河流沉溺到记忆的深渊
只剩下野苜蓿、婆婆丁，如同彩虹的片断
消失在茫茫的夜色中。并生空寂

敷衍的漏洞被北风弹断琴弦
徘徊一丝修葺的光
却只见破碎的影子，在风中摇曳

而你，在海的另一端，是否在星光下
寻找你的白鹭
直到它们流淌出童年的欢笑

石榴树

芬芳的五月
就是留给它们的出发地

你必须像迎娶一个新娘
用钻石定制的花冠
在八月出门的前夜。送过去

终究流落一粒被采撷的红心
词语殉难的血。如果被包容

我会以自己粗糙的皮
谈及那些尚未出口的甜美
果汁,祈求内心仁慈

让它回到结果的树枝上
让它更前面的春天
开出火焰般的花朵
让慷慨的春风
给予一枚徽章
挂在你的胸前

故乡在背后

一望无际的天空,月亮之上坠落几声失序的悲鸣
俯冲之后的上升,像响起的鞭子尾随虹影
甩下七零八落。在持续

秋天盛大的杯盘来不及收拾
满地的狼藉,我就被秋风扫落,成为你的披肩
印染这无辜的一朵菊花,被挂在屋檐

秋声一粒一粒的花生
然后把我灌醉。与明年的种子泡在一起
生出更多的枝叶。离不开的黄土
悄悄以空旷的姿势让天空显得愈来愈远
白杨沿着两肋奔向乡野的出口

红薯地

每当被白露堵住,黄昏后来不及回家的
那个人,就把我放入秋天的红薯地
与红薯们一起成熟
然后把我从泥土中刨出来
摘去连接的茎叶,存放在地窖中

我在红薯汤里
搅乱一碗夜色
如黄河以南的洧水,流经村庄后
汇入贾鲁河,最后没了踪影
成为一尾思乡的鱼

那个种植的人
变成红薯地里的凸出部分
请收下秋天所有的祭奠

我爱这蛙鸣

不会再缩小
让我也不舍得丢下池塘
池塘边柳树,柳树垂下献祭的清明

从淤泥中出生的莲花
缝补村庄的漏洞
露珠从天而降的哀伤
——如果说,我拥有两个灵魂
我允许其中一个成为诗人
为故乡接生更远的蛙鸣

让青蛙停止呱呱的叫声
我只能让蛙鸣
放在你的心口上
诚实地回答每一个问题
——如果田野永不消失
还能看见黄昏的炊烟
获得完整的天空

秋水，同时也在彼岸

秋花不开在掌心。秋水同时
也在彼岸，做成金属的钩
天空虚晃一枪。为之倾倒的树木
被一群过往的人群，纷纷赶到涟漪的内心
再回首时，已是暮色苍茫

我把握着这苍茫，寻找它最初的
叮嘱。瞬间从一片成熟的庄稼地
传来急促的呼唤："啃我，啃我"
于是，放下肩头的锄
向着有炊烟升起的地方飞奔
原来的村庄，已经消失在八月
分不清是喜悦还是哀伤的
几曲唢呐声中

秋天的色彩

黄色悄悄成熟
紧紧包裹褪去壳之后的果核
担心它们会被秋风扫去
似乎经不起稍微的摇晃
把肺腑里的粮食切开给围观的人群看

那么,你必须将真实的
线条,携带消瘦的骨骼与你的血液分别开来
哪些是红色的,哪些是灰色的
无法从土地里成熟的玉米、红薯
将慢慢从泥土的边缘
回到烘烤的咀嚼
村野拉长的景深
越拉越小。在手指温柔的捏搓中
仅仅存在于城头的瞭望

老院子里有一群小麻雀

村庄的树木越来越少
迁徙的鸟群去了温暖的地方
藏匿在城市的烟囱中试图躲避冬天

老院子,显得悠闲
它说雪来,雪就开始下了
好像掌握了气象的脉搏
不慌不忙,谷子、小米们也学雪花的样子
跳出来和小麻雀们一起舞蹈
又担心翅膀硬了——
飞走。而空旷的平原
没有猎人,没有森林

你想想看,如果风来得太快
这里,是不是还需要
再多种植几棵皂角树
把清漃河洗一洗,延伸到大运河
你就能看到墙角支起来的春天

花 婶

花婶已经过了一轮花季，尚未缔结仙果
左臂上缠绕的香囊时而隐伏时而展现
装饰以绿色的枝叶，绛红的果核包裹住十二春色
暂取弓弩弦一枚藏在腰间，手自抚摸

或许塔尖过锐也或者是钟声
迁徙香火，暗暗送给了超度
吃斋的人不是心怀善念吗
烦躁的夜停止妊娠

取雄黄，把那蛇妖驱逐于一丈之外
拿起你的斧头，刃锋朝上置于裸足的卧床之下
让光，逼退你影尺中沉浮的
呼吸，不拘于耳

或者自从封神之后
供奉天上的香火多了起来
人世，失之于交臂
草原外溢葱绿
院内荒芜的，尽可让一座牌坊遮挡风雨

芦花,系住村庄最后一条河流

双洎河的秋天,送走了
玉米林。一片片芦花,开始依恋
秋水。在湿地,在蓝天下
让过往的雁群
不忍落下任何的瑕疵

渐渐远去的叫声
风中摇曳,不知道是谁的离别

谁是冬天的使者
流放羊群。挽着这雪前的雪
而它们,聚拢凋零
染几丝白发,系住村庄的
最后一条河流,宿醉

故乡成为一个象征

黄昏,裹不住乌鸦
正在啄食夕阳
连同它占据的嘲讽
"你看,我还有一棵树"

我在初冬的另一侧
把干枯的树枝抱回家
快下雪了
"幸好,我有燃烧的炊烟"

这些枯枝会在锅底
碰撞出爱的火星

然后,我会安睡
不再为归宿辩护

向着天空

如果,蔚蓝代表季节
让步辽阔的势力
我会在这范围内,把自己掏空
像一条河流
流过村庄的每一棵树
以及两岸的花草
不留下痕迹

阳光扶持着粮食
对所有根茎下连通的泥土致敬
秋色,在一根秋秸秆上
黄了红,红了黑,黑了再蓝下去
期待第二年的春天
轮回的种子
把肥沃的土地喊醒

站在纪念碑下

如果,其中一个
携带锄头进入十月以前的春天
以后的雪夜。拥抱大雁,以及大雁歌唱的
爱人,还有过往的人群
这晾晒的秋天,该是多么地欣喜与发狂

注目收获的天空可以
听到每一声粮食的窃窃私语
可以为飞过的鸟群辨认出
夜色幽微的声音

膜拜来自野草
藏不住生机
红色流动体举起的麦穗
让大海里的水流过来

就像早春二月
刚刚发芽的呐喊
让腹腔发出独一无二的抒情
拧开眼泪旋转的钥匙

蹲在底座的十字线上从未离去
如果子午映照的光
能抚摸到某一个哭泣的早晨
请缓缓升起你的胳膊
抹去秋天最后的色彩

秋天深了,我站在纪念碑下
与父亲,在故乡原野中默默言语
把这多年的躬耕写在纸上
看到的或者从苍茫中来不及燃烧的
都将延伸出欢悦的低鸣
如同一道光穿透山墙
搂住黄昏低矮的炊烟
再把粮食放进腹部
生出耀眼的刀锋铭记肉身
就像雕刻的石头抚慰十月的祭奠

孤独的守望者

那些可见的森林
压不住群鸦,以再见的阵势
迁徙一首歌

只剩下最老的一只鸟
注视它们聚集、逃离
不肯动一下高傲的身姿

发白的毛羽与树桩
染为一体。此刻,白色成为冬天
唯一的锚,拴住森林
深藏春天的流水
孤独是相通的

从第一棵树开始
从第一个冬天开始
从第一个守望者开始

时间的灯盏

夜色跳进灯花里
照耀另一端,灯芯的棉线捻在边缘
把寒冷捋顺,淌下几滴油
爷爷讲老鼠告猫
即使没有琴弦
书也会打开忧伤的腔

一棵枣树在春天开了碎布花
长出更多的刺。刺破布谷虚无的叫声
翻来覆去,夜晚的河水
能听到共鸣
也能看到一个人提着马灯
在河流拐弯处,在砖窑的烟囱口
听土坯在炉膛内部发出交尾的声音

狸花猫成为宠物
我也像一只鸟,停留在发白的桦树林
绿皮火车也慢下来
锈蚀的、光滑的,错开了不同的方向

我和白桦有个约定

如果寂静与冷峻,笔直的身躯
还不足以让你在心中回荡
泪水、欢笑。那么
我会留下

尚未治愈的点点疤痕
几片黄叶,沙沙作响的独白
然后,消散在风中
成为秋天的背影

沿着火焰不断前行
青春之眼在左岸簇拥又一个春天
殷红的河流踮起脚
为风轻舞,在落日的余晖中

闪烁金黄的光华
秋声吟唱未尽
轻轻唤醒,自由与希望
并行在奔驰的列车上

来路与归处

它必是带着春天的嘱托
当一片落叶从它的怀抱中
亲吻泥土
我也在满地的金黄里试图看到树身的眼泪
滴穿时光的色彩

而我身坐的石头
尚留有余温,那是你悄悄注入的血液
贯通脉络,刻下的字至今没有人读懂

枝叶短暂的分离,或许是更远的相聚
大雁向温暖的南方飞去

我只想守候这片红彤彤的树林
风一直都在。从更高的云端
能看到它掀开一层又一层的白雪
像波浪一样,追随的气息

秋　分

逐日下降的蝉鸣
埋在一曲低吟的唢呐声中
雁南高飞
我会把它喂养在温润的胸臆中
等它折返,你也必然看到
岭南的荔枝

这时刻我和你正在一个平面上
如果把你的三滴泪
平分秋天的月亮
正好勾兑为一杯酒
月色会醉,昼夜等长
一夜的沧海,适合潮水依岸
让一匹马脱缰日影
淹没在无语的薄暮中

十月展开的辽阔

塞罕坝下的秋
似乎来得比往常急了些
思念刚刚失散在马群里
一团烈日的火
染成了现在逼真的红

站在这美丽的高岭
我不敢高歌
怕惊醒不寐的梦境

斜阳外追鹰逐兔
好梦留与明月,清浅难收
山中飘落的红叶触地散开
催促时光的刀尺
试图剥开暮砧上
尾随的池鱼

如果秋天只剩下几厘米

请把我的白发展开
一根一根接起来
像渐渐疏远的篱笆
围堵愈来愈短的蝉声
云高接天,低洼接蓝
月中映红的霜装在袖口
煮开怀旧的针眼

密密麻麻的
香,砌几厘米的夜
把黄粱做成的更漏
献礼于十二寸肠
由醉,由酒谙尽
眉间心上
我宁愿都不再回避

倒走看见的伤逝

背靠背说及
从村庄飘过来的
炊烟,它让人蹲在柳树下
品尝一碗青瓷的味道
你一直动也没动

老边坡的白杨
再无乌鸦对着黄昏叫喊
"来啊,来啊"
父亲一直动也没动
你却在追赶着背影

两层楼

它装满了风
如高端的鸟巢
仲夏夜偶尔会招来萤火虫
在它的腹部
敲出明亮的火星
后面流淌的小河无法听见
求救的声音
它在又一年的时光中颓废
太阳在更远的地方
它会死去
最后被焚烧的假币埋葬
在逐渐消失的村庄

堂前燕

堂前燕子很多年,没有
衔来春天的新泥筑巢
我怀念它们如同怀念自己
如同它们嫌弃坍塌的漏洞

而风喜欢这颓废的空洞
在缺口处形成漩涡
让没有归途的雨住进来
宛若一对主人

我怀疑
把我的一瓦罐骨灰偷偷埋进梁下
时光难辨的器皿如果被挖出来
是否会成为旧时的文物

磨坊、豆腐及其他

黄豆在转动,每一粒都和石磨切磋
石磨只与蒙着面具的驴说话
将每一粒黄豆的叙述
顺着中间地带的空洞捋下去
毫无偏见,并碾开每一颗内心的表白

一边不停煽情的臼子,时不时浇上水
适度而不过火。像温暖的河流
流过每一个值得称赞的夜晚

灰毛驴偶尔叫几声
展示自己也是有阅历的
自说自话已经通过透明的光
找到这间土屋的中心,获得了循环旋转的
真相,并可以毫无畏惧地
告诉你幸福是什么

点浆,可以趁月色红晕
不必让你看到
手法可以写进秘籍
经过漫长的摇晃、挤压

形成坚实的表面,不掺杂多余水分的豆腐
挂上秤钩。我在秤钩前收进新的黄豆
继续让它们的爱情
潜滋暗长,而心怀安慰

灰毛驴丢下第一的美誉
躺在一个土坑里,让我亲自为它上土
遵照定律,我成为替代者
开始推磨
一直推到后来的粮食做成面包
我也如一颗黄豆
拥有了爱情

我们一起来到灰毛驴的墓地
为之献花。来不及转身,背后疯长的时光
就像五月的油菜一样扑面而来

目 盲

爷爷目盲。小时候,牵着爷爷的手
去周围的村庄,替别人牵线搭桥
撮合一段又一段姻缘。每每回家
我数路边的白杨树,等数到三百六十五棵
就到家了,几次差点迷路是我分了心
放下爷爷的手去追逐青蛙,忘记数数

村里有人说,爷爷像一个先知看到了红鸾星动的夜晚
害羞的未出嫁的少女常常用红纱蒙住爷爷的双眼
而爷爷手持竹竿探路继续将秘密告诉怀着因果的男女们

我在十二岁以前也能看见任何事物
包括从爷爷口中吐出的鬼火
我试图寻找治愈爷爷目盲的药方
执念一直持续到他牵不到我的手
我为失去,抑郁了几个春天

慢慢,我长成爷爷的样子
心明眼亮。不再闭上双目
我还是不愿放弃,做一个天才的诗人
从此,也是盲目的

雷打冬

先前的大雪,是睡着的
大雪下面,是沉默的声音
是冬眠的麦子

有更多的雪花,犹如闻到了花香
舞动寒风,赴一场墙角梅花的约

我听到了雷声,雷声轰轰,掀开
麦子的被,如同生命的呼唤
试图在这个冬日里,寻找共鸣

突然就消失在起伏的山川
复归于平静的河流,向东而去
雪花仍在飘落,看不出一丝惊慌

而听到雷声的人群
开始挤满路口,存储更多的粮食

石 碾

我蹲在上面
观察中间的漏洞
想知道粮食,是怎样
从中间的漏洞进去
然后再以柔软的姿态出来

然后,我就围绕它旋转
即使没有蒙上一块布
仍无法看清坚硬的壳
在一个完整的圆上,划破了我
遵循的轨迹

它被更快的机器取代
切割更快的时间
我怀念它的形状
把它做成圆环
戴在手腕上,把玩,抚摸
慢慢地,它成为玉镯
我的虎口,就是中间的那个漏洞

槐花香

白色的槐花裹着嫩黄的蕊
会把五月的每一天当作出嫁的吉日
不用择期,从清晨,借着太阳的锣鼓
匆匆上了竹笼

我守着这棵槐树爱着它的刺
当它的刺,刺破我的食指
洇染成一朵花,我就知道氤氲的香,开始
远离我,我也远离槐树

只是偶尔,让时光
爬上去,坐在它的拐弯处
一动不动
一直等到看不见这棵树

山坡上的花

只管兀自开着
风一吹,涛声就会经过这里
安抚柔软的摇曳的
枝叶。松鼠搬运时光的碎粒
我只有手拿金属钳
才会嗑更多的榛子

从涌泉上升的溪流
不能泛滥,也不能膨胀
岁月种下的青苔簇拥
一闪而过的鸟鸣

正难舍的追忆
白昼与夜晚交替叙述者的身份
等山坡上的花进入自身

辑一 时光的河流

子夜的小村

它始终存在着。偶尔与精神病患者一起造访树木、
　　河流
揣测茎叶之绿或者水的寒暖,你作为它的表象
被引用,被征服,甚至有时候,在它的一线之间
都不能自由地伸展翅膀翱翔。你也为此抑郁

它开始像一盏灯。让所有的粮食沿着田埂回到归宿
你所眷恋的刀锋、火焰,统统在黑夜之中敞开鳞片
　　呼吸
被抽象,被隐喻。血液也渐渐融入落幕的夕阳,涂抹
　　着你的肉体
挤压的土地也遵循着指引,被来路不明的手指戳下
　　痕迹

从泥砖砌成的黑灶到白云
你也由最初枣树上的刺变作坠落的羽毛
迁徙恰如你离开的理由,然后困顿,心生倦怠
风依然在吹。脸部爬满的痣正包围着沧桑

一幅幻象重新被挂在你的正堂。那些春天的花
愈发逼近自然、真实,唯有香椿树下的阴影

遮挡了一些光阴的故事,似乎被你提及被你由衷地怀念。父亲母亲也像商量好了似的,如此端庄

辑二 时光的色彩

事物就在那里，遇见即为可观、可听、可觉、可悟。

拥抱过后的漫长

习惯于着装仿古,水墨浅淡。每一笔都要落到点画的
　深刻
也可以浓妆胭脂比如最后的落款。轻舞与曼影尽在指间
这一幅六尺长卷,至今在三千里之外无法抵达驿站
莫如再去古徽州的小巷,细磨砚台。登上黄山的夜
松汁为你研墨。不要忽略日出秀木,刚刚出露的刹那

深卧松间听禅的字意,两行足以打动行走的节与气
四季仓促,任何一个冬天的到来之前
必须铺垫以东方帝车
在太阳下游巡。百花齐放
收敛不住的芬芳迎接秋水的沧桑
黄昏过后的舞蹈连着火焰一直上升
在你的腰部缠上一生难忘的神驹
奔腾在辽阔的草原,然后倾听远处穿透的呼唤

秒针没有间隙,无法从容面对所有的突袭
敞开的山门让风与雨像一对爱神相对而坐
暖胃,静心。然后谈及亲手制作的字
流水落花,高山抚琴且将明月浅斟低唱
抵御拥抱过后的漫长

林深处

我也像梅花鹿
将梅花与鹿,分开森林和一座山
陡峭的石窟之上
梅花已经开在罅隙
而鹿,拨开深处的雾霭
昂起头

雨水牵着河流的手
将一张前朝遗传下来的宣纸
分割、幻化。穿透墙壁
心随影,影随心
正对每日出入的这道玄关

视觉消瘦
甚至一杯酷爱的烈酒,忌惮
柔弱相遇。树叶渐渐枯黄
当鹿回头的一瞬间
梅花却在寒冬里与鹿合为一体

它们一起看着我
刚从一座山上抱回来
曾经分开的森林

秋天的童话

已经脱落的牙齿，就像三片落叶
一片抛在房顶，两片弃在尘埃
我会跟着哀伤。因为它预兆了我也进入了秋天
不能随意咀嚼瓜果，而瓜果们是我亲手
从春天里携手而来。我看见它们的愉悦
就像我的孩子。却没有与我分享成长的快乐

常常将萧瑟揣在衣服的背面
试图复原它们的生机，虚妄的
幻象伴随着秋水，时而跃出水面时而沉入
抵达飘起的半空中，正好被归宿的黄昏悄然衔去
我也像一个失去家园的孩子
挣扎在彩霞漫天的路口

剩余的时光交付从屋顶钻出的烟囱
一直不断升起的炊烟。安静、祥和的灰
不失庄重，且典雅纷纷。有关细碎的时光
切开每一片晨曦，酸甜苦辣
弥补着昨天傍晚失落的粮食
从一只锅，说及从前的窘迫
说及遗传的风俗

放　逐

终于，它刺破我的手指
从五月，一直奔跑到八月
披着石榴的鲜红外衣
是的，确实是石榴
它一粒一粒，掉下来
剥开秋天的真相

于是，我原谅它保持
自己的真实
并开始为它寻找清泉
移植新枝
它是我的一滴水
如果，它还懂得切肤之痛

消失的边界

已经无法辨认
从戏台上走出来的
还是走进戏台的
咫尺之地
全是粉墨

一匹马轻易过了河
看见的,草原辽阔
檀溪之下,一只鱼悲伤的眼睛
从漩涡一直跟随到
温暖的花房
成了被囚的蜂群

田地间翻耕出来的犁铧
倒悬着,任阳光从头到尾
说不出来由
渐渐缩小的池塘
溅起几滴
榕树上失落的蝉鸣

一朵花的睡眠

一直在草木里挥之不去的执念,隐约凸显
眷顾和柔软。我如一朵花开在旷野
昙花一现,不留踪迹
一个秋天足以让骨骼肢解在秋水里
照见童年的水漂,追逐嬉戏时的天真无邪

咀嚼秋声,喝下反刍后的血液
让它们温暖每一条脉络
细细地补充盐水,让我更加温柔
讲睡前的故事,或者带有古典色彩的虫二

你看,我总是扎根在泥土里
不肯长成一棵蠢木
我为花草,决不离开这鲜艳的世界
不知是谁限定了我的终身
一日为花终生为花的誓言
从命运的出口延伸到了归宿处

那就把我埋进黑土
四周布满米粒、三根桃枝、七粒花种

秋花不开掌心上

我习惯站在一片树影里
默念月季开在别处
为这身后的树倾倒。抚摸秋风留下
所有的伤疤,想念某一年的枫叶
被两粒红豆蚕食在一口井

打磨了多年的壳仍然迟钝于
隐于树身的蝉鸣,一念
就是整个秋天,我仍然相信
你能从十指的执着
听到寥廓之间零落的雨声

织为一匹上海的故事
从一张纸上,捧起青花瓷喝上三杯
说,我要抱着歌声入眠
风声为你披肩
悄然无息地经过你的腰身
请让我避开这枯黄掌心

暗　伤

一颗松动的牙齿。总想去抚摸一下
以为自己就能用钳子把它从苦难的肉身拯救出来
而它根植于岁月的深凹里，容不得轻微的接触
岁月遮掩的疼痛，麻醉师们顾不得骨骼、血液
悬针隐喻的秋色似乎正从背面，一路扫起脉络沉稳的
落叶。一片一片消失在白色的迷茫里
交错的轨迹，同时也开过并行的列车

容许走动的皮肤，可以与皱纹谈及鱼尾
谈及寒潭渡鹤，谈及冷月葬花
你只能靠在一棵树的末尾处，看看时光是怎样
刻上龟甲。成为占卜，脱壳而去的蝉鸣

放一只耳朵在天上

如果,你正盲目地
去往目的地
路过清明的雨
路过三月的桃花林
这些,或许你看不见

那就把你仅剩下的左耳
放在天上
闭着伪装的眼球
谛听身体四肢静寂的战栗
土地深处已经掩埋的
散发温暖的光
从四周包围过来

空

如果它是一支笔收拢云雨
或愉悦或满足一节又一节的往事
因垂叶的寂荡,挂在壁间成为画墨
埋伏线索。我将继续持有这空

可以用镰刀劈开一段清浅的光
以我为篾。背在你的身上过朴素的日子
洗净每一根纤细的腰身
盛装即将到来的露水

记忆中的吉他声

时光拥堵流水
让我无法分辨出你的声音
那就重新坐在一棵树下
任由黄昏弹起《西班牙舞曲》
坐在运动场的一侧看夕阳
一点一点回到最初的啼鸣

路过的女孩宛如月光一样
是谁打动你的心
我们仿佛直接从序幕
奔赴到了黄昏的草地
时间的雪也从北方苏醒
直到喊出你的名字

愈来愈低的秋蝉

从尘埃中脱壳而去的秋声
愈来愈低,背负叶子的伤痕
重新回到泥土
视若无物。未弥补的洞穴
一群蚂蚁引领
流动的线条

被时针泼出去的一碗水
烫伤。从此蝉鸣
愈加萧瑟,最后噤声
我看到了青瓷
刻画它美妙的蝉翼
被供奉在时光的刀斧之上

镂　空

刚刚沉睡的骨骼
让新鲜的空
流动起来。并与骨骼对话
抽身。而那些被阳光镂空的记录
只有温润的海风能觉察出
另一本松散的清闲

像一幅静物画。让你看到完整的苹果
从叶子的视觉里，延伸秋天
一直延伸到贯注的额外

终归还是以残缺的时间
作为索引，从不为怀疑的历史假证
关闭流失的光线
而诗歌的触觉，更喜欢春天的茂盛
开放在事物的初始

以长夜的底部作诗

顺从一道光。一些词语借此
攀爬夜色的藤蔓
螺旋上升。我们潜行的影子
被全权代理。囚禁者
在墙壁中发出敲打的声音

这时会有灯塔
从海面上漂浮过来
不知道黑暗中还有什么
如果有失落的鹰的翅膀
正好用羽毛做笔
记录它曾经栖息的一棵树

长夜底部因漫长而吱吱作响
正因如此,诗歌是走失的孩子无处可去
徘徊的文字披上袈裟的灯盏
贯穿了世间所有的疑虑

旅行者的怅望

秋天已经被红色困住了很久
一个人披着金黄
与芦苇讨论泗渡
坐在水影里,偶尔会看见
散步的乐队刚从表演场
一侧带来阴影

架子鼓被折射回来的光
弹了一下
落在湖水的中央

他拔出一根芦苇
身后满身的摇曳
似乎听懂了
"寒风将至,我只是栖息片刻"

时间无法让生命回到起点

我每天都要数身边的棕榈树
有时坐在绿色的步栈道一侧
看割草机修饰草坪
有很多放着风筝的孩子
让蔚蓝的天空瞬间低了下来
拥抱他们。飘浮的香草味
似乎我羡慕着风筝上刻画的蝉翼
但没有谁知道
这并不是我必须经历的场景

黄昏的河流

青苔一样的时光
穿过石头的缝隙,穿过可能
藏着很多蛇的草丛
与黄昏汇合,在这清澈的河流中
芦花四散,已经被洗白的
雁鸣,也落在我的头上

我正在数着的白发
生硬,仿佛要张开沙哑的喉咙
歌唱河流两岸的垂柳
余晖中尚未生锈的鱼钩

正在上升的夜晚
替我把那些鸡群赶上树枝
我也回到一个下沉的黄昏之后
对着几幅浅淡的画像
让另一条河水再汹涌起来

秋天正与风做另一场较量

立冬的前夜
纷纷投降的叶片
黑衣人率领的军队即将凛冽而至
不久后他们就会戴上白色的面具
风看穿了这一切
将秋天杀得干净
克制的,不克制的

一匹马就拴在夜色的边缘
它也闻到
秋天最后的喘息
试图挣开缰绳
在大地冰封之前
八百里加急
送一幅画

辑二　时光的色彩

在时间的序列里

一棵树在飞鸟出发的地方
埋下最初的线索。女儿红
散装纯粮酿造的香醇
而我作为农夫
只拥有镰刀、一头牛
在飞鸟掠过的天空下
躬耕泥土

月亮升起来了
四散的火星
照亮我钟爱的花园
莲花成为玫瑰
玫瑰成为百合
我躺在牛的反刍里
开始咀嚼一生
种植的粮食以及植物

甘 草

它们。似乎从朦胧中不知不觉
就处在入口,一不小心,很容易
被推到甜蜜的糖水里
像一把桃木梳,孕育六爻
在森林的云端,调和一众求解的雨
哪片是叶子,哪片是红艳艳的花

多年的寒气,终于在一丝浸润的香甜中退却
奔跑的筋骨,终于暂时停下来长舒一口气
低垂的花朵直起腰身。一切虚损,在肺部
重新呼出新鲜的空气后,获得了信任的许可
等春天的九窍,投酒

小 雪

黄昏的彩虹被炊烟挡住
我看见,母亲把白菜放进门后的瓷缸
很多盐,小雪一样
从手指里一粒一粒
从我的左耳,跳到右耳
雪里蕻正脱掉外衣
天气变得干燥

我套上更厚的棉衣
捂住慢慢钻进来的热气
母亲在远处朝我招招手
我就开始追
再追,就是大雪了
我要趁大雪之前
去路边种树

弱

你看不到它在哪里
它却手拈一线藕丝牵着大象的鼻子
象鼻山,被穿出一个洞
你也只是在岸上或者一艘船上
看着它表演水上漂。然后无声
用铜号吹一曲敕勒川

最后,等你听出它金属质地的声音
它已经举起了锋利的刀斧
不再给你辩解
而它也未曾说出过什么

辑二　时光的色彩

一场雪在我体内降临

允许从它的体内孵化出
春天的背影，像一条河流
而生命是不能洄游的

月亮，看似无辜的假象
一直潜伏在沙漏之下
你动，它也在动
你不动，它也在抛弃
笨重的红木
甚至是被虫蛀的桑叶

濡湿的骨头一块儿一块儿
晾晒在午后的阳光下
一个写生的人
在你的体内提笔

百 本

针眼穿越密密麻麻的脚印
挑破真相,漏洞如大风掀开
路途不愿沉寂的衣襟
袖口一眼瞥见虚损的粮食
在一片庄稼地里呼喊

阳光也会慢慢咳嗽
四散沉疴
飞扬于日月之间的空寂
以长老的背影跟随
泛起微微的光等后来的人群
寻找一种植物治愈

简单和弦

一滴水
在冬天的第一天率先登陆
默默凝视它出发的来路
银杏叶并未发出忧郁的回响
滴落的或许不只是眼泪

某一年的春天
雨水温润
银杏树听见一个声音说
"我是一滴水的化身,你让我曾经拥有一片叶子"
我也听见了这声音
那时我就站在这棵银杏树下
二丫头给我朗读,一壶老酒

持续到了夏天
我将纯粹的爱献给了蝉鸣
埋在深不可测的一个日子
是的,我听见了。不只是一个声音

大　雪

听见一个少年的声音
"无论你走到哪里,都要回来"
瞬间消失的寒号鸟
拍打我额头零散的飞羽

母亲推开门
父亲用长长的烟袋杆
敲打几下,从春天开始做好的
椿木的床腿

我把抖落的
纷纷扬扬的雪片
重新挂到一个钉子上

一切都沉默了
只剩下,我,以及不可触摸

冬天的阅读

路两侧的杨树是白的
它支撑的村庄也是白的
炊烟、河流,也都弯曲成白色的
它们是一片雪

我离不开这片雪
从惊蛰刚出门
就回头望
怀揣着虫鸣

于是,我追时光
像追羊群一样
好让它们在黄昏之前,吃一顿饺子
然后体内发出咩咩的叫声

嫩叶因此长生
沐浴春天,为我戴上花冠
这时候,冬天才举起鞭子
把我赶上空旷的草原

等一场雪

我确认,我是站在一片白茫茫的雪地里
手和脚不停地旋转,像秒针一样
而我的头颅,似乎是一个正方形
四个顶点支配了所有的季节
从北方开始,从子夜开始
以直线的姿态看着自己旋转

和我一样,雪的忧伤足够辽阔
没有达到足够的容身之地
雪片不会轻易飘下来
其实雪也在等,一群小矮人
从集市上买来竹箩筐
从老屋里取出珍藏的米粒
如果能够支撑起一个圆

然后再捋顺我们的头发
进入睫毛,插上红色的蜡烛
我就醒了。不可移动的墙上
挂着我刚刚买的羊头钟表
嘀嗒嘀嗒,三个金属做成的指针正好重合

所有的枯败,都是我的

分拣出热爱我,或者我热爱的
让它们听我这个潜伏的线人
向遥远的春天发出滴答滴答的声音

我把这些腐败的、枯萎的
收拢在一起。给它们以逃生的机会
而它们,却在我的腹内酝酿革命

所以,我及时克制。打开
身体里唯一的防空洞
春天的光,簇拥着它们
一个又一个重新站在高冈

而我还在清凉寺里,钟声敲碎从前的落叶
一边扫地,一边等一个化缘的人

咀嚼铁屑

再去翻砂厂时
它已不在了
它繁殖模具,各种各样的金属制品
必需先由它的孩子装铸,然后成型
然后走在街上,走在每个角落
我曾经被它的铁屑刺破脚底
那成圈的废铁丝泛滥银色的光芒
锅炉、磨具们热火朝天了一个少年时代

我寻找像砂罐儿一样的东西
把我少年时捡到的铁屑放进去
咀嚼。而药引像释放的囚徒
一哄而散。我无法成为获胜的火焰
为铁炉追杀被遮蔽的时间

被遮蔽的时间

我看见很多条鱼首尾衔接
一条俯卧的水柱,两侧泛起的波浪
差一点将我淹没
鱼眼望着我
我也惊恐地看它们从身边穿越

惊醒后,知道这是被遗忘的食物
催促春天去喂养森林
隐秘的地下河流成为春天的一部分
我,一个被说服者
也将被再生的韭菜
卷进蛋黄

天空没有翅膀飞过的痕迹

北雁南飞时,天空开始孤独。白色的云
哀悼那些被弓弦惊落的肉体
天使的翅膀纷纷飘下羽毛。在蓝色的夜晚
缀满了像眼睛一样的星星

落在我的车轮上
而我没有看到翅膀飞过的痕迹
如果说蜻蜓预测了一场即将到来的雨
我希望这雨来得比冬天更凛冽一些
让我与大地冻结在一起入睡

螃蟹在剥我的壳

每当我在海边
像一个归来的渔夫
享用农庄里上好的蟹
用金属剥开腿脚
我开始过敏
它们成了走廊里行走的
魔术师，用手术钳
在剥我的壳

蓝色的天空，张开
一只只眼睛
目睹了盐水一点点滴进
循环的生命

之后。我变成了鲸
向大海深处潜泳
我所钟爱的珊瑚
在蓝色的水底，将我缠绕

预言的章鱼，正好目睹所发生的一切

整个生活至今仍是你的镜子

我不会再祈求什么
太阳能听懂我的呓语
你看,我是明亮的
能看到自己
用右手在摩挲左耳
我和镜中人没有丝毫间隙

镜子也正在观察着
我在熔炉中提炼
把同样发着光的
不生锈的金子
放在亲切的镜子的两侧
它们有时走在太阳的前面
有时跟随在太阳的后面
我和它们都是光的侍从

没有可移动的光

后来,我成为石盐
为你提供令人信服的证据
一些自然的克制
会让你想起我曾经液体的流逝状
那时,没有可移动的光
照耀我六面的棱角

似乎我就是一个赌徒
在这个立方体里翻来覆去
那只曾经在我头顶飞翔的鸟
用它镰刀似的喙
寻找着什么

凿好的雕塑

一块落下的陨石遇见我的手指
我用继承的斧头、锤子雕琢它的身世

为此我成了一级建造师
参与修行的路桥

我的石雕催促我为它寻找神龛
龙门石窟,过于拥挤已经放满了大家
十二品,正在被膜拜

最后这雕像立在金山广场上
每每傍晚,被过往的跳广场舞的
抚摸。偶尔也会在黑夜扶住醉酒的人

胆囊,开始结石
我能听到腹内尖厉的叫声

经卷上的尘埃

我身体的深处没有莲花
孤独的光芒和灯有着一样的外形
石器时代就开始丛生的草
一直平淡朴素的生活占据了我的胸腔
它不能飞翔
我目睹了墙壁被尘埃一层一层
卷开复又合上,连同我的背影
在你的目光里,成为一种未开口的窗

我手握经卷
姿势和夜鸟安睡的样子保持一致
一条河流趁势漫延了过来
潮湿了发黄的文字
把我逼退到夜色里

我常年把持的木鱼
偷偷出了门扉不知去向
我的身体越发瘦小
跳进灯花的时刻
房间正是一片空明

金钱豹

豹已经隐身。只剩下修饰的金色的衣服
可以掠走所有的目光,甚至藏匿的美酒

有时戴上人脸面具,免遭乌头的毒害
这时刻,听它的声音都能变成一股芳香

芳香成为一面旗帜。四面八方饰有
贞操、纯洁、慈悲和信念
美德、和谐、和平及慷慨

等它获得这所有的赞美之后
回到自己的洞穴里开始睡眠
与堕落的蛇一起

八仙与竹

黑夜中盘旋的蝙蝠
在竹林中栖居,因为一段雨
敲出心事,羽毛开始唱歌

那些金属纷纷落地
发出黄色的、白色的叫声
蜕壳为点金士。浮在空中

因此可以构成短笛
唤醒一朵花

魔莲快速生长
笛子拿在更多人的手中
水果在一篮花的点缀下
难辨雌雄

同样可以做成一根拐杖
灵魂嫁接到跛脚的乞丐身上
这时,也有一只蝙蝠飞出
葫芦。不知道是卖的哪一种仙药

削竹为剑，可以斩鬼
也可以指墙为鹤，付清酒钱
钱和两只鹤，都是长着翅膀的

于是，我们学着曹国舅的样子
穿上旧式服装，手执一副响板
响板也是竹做的，发出空鸣

所有的竹子，并不知道八仙
居住在传说中的极乐岛

五只蝙蝠

蝗虫们沿着庄稼惊觉的脖子
从北向南患着疾病的样子奔跑

土地剩下光秃秃的躯体
红色的河流从此成为信仰

我们举起手,伸开五指
从一只瓮里变出五只蝙蝠

小麦开始葱绿,玉米开始拔节
稻田也在水流中睁开瞌睡的眼睛倾听蛙鸣

它们像五颗钉子钉在门上
长寿、财富、健康、热爱美德和自然死亡

当它们决定在树林群居
我会回到河流清澈的岸边

红宝石

当所有的雪花变成沉默的声音
心就是一颗红宝石。如果你
没有雕琢的技艺,没有尖锐的视觉
它会一直在那里流淌鲜红的血

或许会被医生架一座桥
让奔涌的海水,从容许的限高线之下
用一段时间,把结晶体
提炼出来,刮刀一般地锋利

它会不断抚摸自己
串联肺叶,长出更多的荆棘
围绕在周围
像皇冠,开始发光

金 蛋

如果,你买下穴居的一个巢
就允许你敲碎一个
甚至会生出一张门票
观看丛林歌舞团演出的孔雀开屏

于是,你往复于广告牌
所遮蔽的时间里,埋葬汗水与血
变卖田野里尚未成熟的粮食
只剩下一颗洋葱,滋润着嗅觉
你到处打听,这颗蛋是谁下的

它是夜风生下的,锤击之下
它也化为最后的飞鸟
被丁香花一样的钉子
钉在另一根木桩上
当你路过,你都无法释怀
自己曾经也是一颗蛋

循　环

它看起来像一只小鸟
翅膀褪掉羽毛
生命被许诺的数字
正被巢里的火焰
焚烧，吞噬

鸟巢里剩下一颗蛋
这颗蛋又变成一只小鸟

山坡上啃草的羊群
奔突的兔子
似乎看见了这只小鸟
因为顺从
在夜风中
已经长成了鹰

夜　风

风是夜的手
从遥远的山川、河流
赴一场预订好的约
替夜，请来星星点燃灯盏
呼唤月亮
温暖的光芒
风带思绪飞翔
寻找内心的安宁

夜抚摸着风的面颊
在潮湿的门扉上
仿佛是岁月一吻
在这寂静的时刻
风，是自然的歌声
轻轻唱响
夜的心事

我在夜风的夹缝中
悄悄生了一颗蛋
守着冬眠。等一个春天

练　声

有一个声音如清晨的露珠
凝结在叶子的喉尖，然后轻轻一触
吐露清晨的青春

鸟儿的练声，在晨曦的微光中
仿佛要唤醒我，需要用心坚持
那一声声的呼唤，是从一片树林
到另一片树林，透过林间的晨雾

旋律构筑了鸟儿的梦，天空照亮前行的路
大地上纵横的路正如散开的乐章
感受生命的节奏，一段一节，让视觉握住
鼓槌。不舍得片刻的中止
每一条路，也像练声的马匹
从草原深处奔来的故道

那声音或高或低，或深或浅
对生活的热爱
对梦想的坚持。我也开始走在
这陌生而熟悉的街道上
发出相似的喉音，找到了生活的节奏
在晨曦的露珠中我看到了希望的星光

细嗅冬天的气息

麦苗是春天的韭菜从蚕丝绒被里
钻出来,散发着葱绿的嫩草味
我听见雪花融化的声音

每一片冰晶,每一丝颤动的声响
都映照出断章的白,却又在我的呼吸中
舞动。像淡淡的诗,沉静而高远

树木在风中萧瑟,一片红叶独立
不肯脱下最后的霓裳
它曾是夏天的绿意,现在却为冬天
唱着挽歌。也为我的背影吹出呼哨

我踏着雪地上溅起的音节
在寂静的冬天里寻找自己,寒风中
我细嗅冬的气息,那是一种醇香
似多年的陈酿。也是一种寂寥

我捧起雪花的六弦琴,握住
时间的流逝。如此清澈激越的符音
却又让我感到内心的宁静

仿佛能闻到生命的韵律
虽然寒冷,却也充满温暖的火焰
它的气息像一枚钉子钉在我的骨头里
这就是冬,我微笑迎接

雪深处,雪之殇

一片一片的
必是翻山越岭
过了高空的寒
凝聚着水汽
也或许是从前的雨
乘羽而来
我不怀疑它的颜色
以及六角的形状
其实它是死的
从一侧,从它的低处
加上一只手
然后再用另一只手
握在手心
它们才会重新苏醒

生前的光
从刀口划过
从耳边停止
从一只兔子追到
与秋天的衔接处
在你的笔尖

雪花还只是一阵北风

视觉开始误导
一个冬天的阅读者
如果,看不清来路
那就听融化的声音
身后必然有一个春天
从更深处的森林里飞过来

种 雪

看见母亲
用草木灰撒在黑虎山
向阳的山坡，写一些字
不是残稿中那些带有哀伤的语调
而是用六月的火焰
把温暖聚集在一起
窗外的风声
似乎偷听
围炉的私语
我们谈及

等到立春的那一天
风在丰饶的田野上
与雪结为亲家
雪地下面埋藏的种子
把松懈的灵魂绑在
春天的牛车上
作为嫁妆送给双手张开的
锣鼓。我愿意

沿着冬天的雪走向春

沿着冬天的雪,我踏出一条寂静的路径
在这银白的世界里,这雪野也是一张
时光结绳的网,在低吟,凝结成诗的旋律

更多的雪花飘落,覆盖一层又一层的
思念,或许是下面潜滋暗长的气息
等待春天的温暖归来
光秃秃的枯枝,绿意已在酝酿

那些逝去的光阴,就像雪一样消融
只留下回忆的温暖,慢慢沉淀
仿佛你重新点燃的油灯,如此宁静

说起春天的故事,夜晚便噼噼啪啪
响起礼赞,旧风箱拉动干枯树枝的火焰
不肯停下来,好像把所有的经历
在一个夜晚都能叙述得完

我将走向春天,雪是夜风的见证
是生命的启示,无论何时
春天总会如期而至

辑三 时光的错觉

抽爻换象，如果能看到，皆是缘分。

冬　至

冬至，于我来说是寂荡的
白昼虽短，可阳光也是低的
我在更低的阳光之下
寻找炽热的饺子，炽热

黑夜成为最长的一天
我也在这夜希望有最长的梦境
遇见包饺子的母亲

光也在夜晚解开鹿角
悄悄把席幕升高
这时，森林深处能听到泉水
撕开石头上的青苔
向外涌动的声音
似鼓瑟吹笙。雀立含枝
试图衔住最后的一丝火焰

我慢慢伸开又弯曲的手指
数着春暖日期，芦花一样的雪
像是尚未道尽大运河的旧事
替我点亮一盏灯

丹顶鹤

丹顶鹤,守着一片红土
芦苇,在夕阳的照耀下
是与丹顶鹤有着一样的摇曳姿势
我沿着木栈桥通往湿地中心
有时分不清哪一种是鹤,哪一种是苍鹭

一个过路的人对我说
苍鹭睡眠时,常常口衔一小块白色的石头
哦,我为得到这个分辨的诀窍而欢欣

鹤也会,利爪插进一片鹅卵石
摆脱困意,过往的人群
像一群不明侵入者
唤起了守值者的高度警觉

我也是一个过客,还是偏爱着鹤
在墙壁上画高耸的松柏
让它们在树上休憩
慢慢,我成了一个养鹤的人

关　山

关山月，从陇坂
从雍门琴头
照见牧场
因为你的热爱，白雪更白

我看见，关山也跟随着自己
在背后，早已在我经过的路前
投下它的影——
一块石头

我也开始成为一块石头
慢慢会被一场雪
合拢在冬日的缝隙里
太阳的光在空中流淌

雪仿佛也是在看，在听
去年的雪和今年的雪汇成一束水流
多年前已无以复加的一念
恻隐的天空，猜破了所藏匿的春天
那最后的谜底

冬至以后

这是讲给一个先知的梦
我只是略微比梦迟滞了一些
楼台很远
眺望的词写得太长
我只是在梦的结尾处
分辨出追逐的嘈杂的声音
看见一盏马灯挂在
草屋唯一的木杆上

然后,我试图重新进入梦境
进入无边的黑暗
伸直腿,预先做好奔跑的姿势
阳光却从时间的缝隙里
透射。一如齿轮张开了眼

辑三 时光的错觉

一切都从春天开始

雪从冬天的末梢离开
握不住它们。这时候
所有的窗户都是打开的

院子里被米粒诱惑的麻雀
已经长大
叽叽喳喳，就把春天
立在了一棵香椿树上
之后，我把一盆春天的绿
挂在屋檐下

虫鸣拱出沙漏
提示我，春天在柳树枝上
如果路过突出地
一定不要忘记摘取几枝
让清明的雨插上去

我是春天里可信的一部分

你看,这里的泥土已经有些温热
它们被虫鸣惊醒了梦境
翻起身子,对着梳妆的铜镜
替你绾一条桃花辫

但是,我怀疑撒在它下面的种子
是否会想起
疲倦的母亲,还有那个在树根下
蹲着的父亲,会在某一个黄昏之后
收获早晨第一声喜鹊撞门的声音

那我,必须静默
守着脚下的小河
让春天从我肩头
扛起犁铧

其实，我是生于三月

没有人知道
我是和春风一起进入
黄昏的，以及跃跃欲试
鸡群攀缘的睡眠

我把这迎接第一声哭泣的夜
安抚在一个草堆中
然后在夏日，刺青
写上我的名字

如果，你正好闻到菊花香一样的蜜
渐悟的累积，把秋天打扮成
每一片叶子都欢喜的枯黄

我会尽快回到
一个叫作三月的黎明
重新返身于
每一片叶子的茂盛里

如一株花朵对待尘世

关山以东，我只占据一条河
萦系着两岸的冬去春来
我的春秋，很分明地记在金线重楼上
你偶尔会在某个明媚的早晨
掐几根千叶蓍草，问百度芍药当归
于是我在卜辞中像一朵花对待尘世
在零落的生涯中，耐寒，耐春去后唐人的叹息
他说，谁悲失路之人

我所知道的，只是曾经很灿烂
我忠实于行就的几十行长天一色
该淡时就淡，该浓时就浓
让星月拨开一些距离
让记忆生存在更深处的笔上
尘世开始背诵着你

关于一朵花，关于一切你想遗忘的往事
像这世界一样，空穴来风
等你挤满欲写的墨汁
我却已经回到关山的内部

春风，是燕子的灯盏

草堂是一张方寸大的底片
在阳光下晃几晃
就能看见两只燕子
扑棱棱
沿着门前的梨花唱锦缠道

沿着小路走上去
脚步声惊起春风
它们是从湖边掀起荡漾的
如果我是那条被放生的鱼
那它们一定是怕我走失了路

走着走着，我也成了春风
穴居在一个山庄的隐伏处
几处暖树，等清明，等识途
来时那一声呢喃

与鹿蹄草的重逢

夜风,把水引到了山的南面
那些鹿蹄草,像灯笼一样
对着起伏的风水喊
"别让它吸出你们的精髓"
我是一个跟随者,我在辨别谁是它
那些根状如水慈姑的植物们
真的是在提醒吗

山,寥寥几笔就把面皮
画得如此圆润
把砍伐的人群压得粉碎
我也学着山,画一幅
虫鸟重叠的风物

鹿蹄草,开始在我的面部
研磨,你也在远处,仿佛看到我是
花状的灯笼,正吐出一枚
蛋黄,缓缓地升于树枝之上

春天的失误

他去了东南方向
那里树木,呼唤着斧头
当树林被伐木者以春天的名义
放倒一片天空
他是一个让它们重生的人

树神们跟踪了他
他的斧头、钢锯、铁尺
沿着回来的路
开始准备反叛
他对这一切,毫无知觉

斧头、钢锯、铁尺
举起他的手制作他的寿木
他自己画了一朵梅花
这朵梅花却盛开在了夏天
像下了一场雪

因为相信,我愿意被春天囚禁

我生在三月,被一朵桃花刻在印内
鲜红,在春天需要温暖的树枝上
我开始盛放。那时刻,无人注意
在戌时,一个叫作莲花的女人
挣扎,像从悬崖边沿
被几声惊惧的鸡鸣啼醒

那是一棵枣树。从春天长出刺
那里没有湖,没有海水
只是一条小河,低沉而弯曲
当春天来临,才偶尔从上游
经过黄昏的村庄,几只麻雀才落到
炊烟上,一个多余的末尾

后来一个人,学会了喷射枣钉
将秋天无处不在的落叶
散发于被囚禁之外的北方以北

辑三　时光的错觉

我所消损的时间

它是被一碗青瓷
端着,当你看清楚裂纹后
才慢慢逝去
声音却有着丝绸般的润滑

不被你注意
当你觉得痛苦,它才从
另一段的往事上,给你念最初的光线
那些停留的韵脚

你所混入的补救,窄路
只能拥有昨夜的梦境
你正争取的时间
恰恰已经被人遗忘

春天,是不可忽略的一部分

我生在三月,五行属木
为此我热爱花草
也是花草的一部分

我需要粮食
需要用粮食换回花园
以及花园里那些桃树、梨树、杏树

我学会扶着犁铧
套上一头牛、一头狼
翻耕土地

后来我却成为粮食的一部分
被五月的镰刀收割
被秋天的旷野展示

而春天,像一本启示录

我听见的声音也是无法辨别的

比如,现实到了一片陌生的海滩
第二日,觉察似乎梦里来过
我听见的声音,也是无法分辨的
一旦触摸,就醒来

仅仅宽慰,才笑着说
梦是反的。而那些一同进入梦境的
有时又是真的,你想不出在哪里
或者在前世,欠了他们的粮食

那个送你袈裟的和尚
似乎又在梦里,等你送去一担米
黑洞,开始在身体里豁开
一个口,夜里飞出去
从第一道光来临后
开始守着白昼的一片瓦

关山,仍然是一座山

整座关山,都是苍白的
交接的钟声,也都是苍白的
偶尔露出峥嵘,是鞭炮炸响的瞬间
接着就消失了,黑夜送走的兔子
口衔一根蓍草
可以用来占卜,也可以入药

它留下的锯齿,是青龙的牙
噬啮与白昼交会的初开的光
记得或者忘却
终归一声叹息如携手岁月互访
呈于一本书写不出的几案
显然也是明亮的
就端庄地立在彼此的正中间
因为无法着墨

金黄的,脱了壳的谷粒
似乎成为我的归宿
我必须一粒一粒数出来
其实,我愿意让这些麻雀去啄食
不必担心,竹箩筐设下的陷阱

我相信,春天依然是温暖的

立春后的雨水
梳理草木,给自己签名
然后大量的光牵引惊蛰
让我有足够的时间
拾掇冬天
未完全散去的余烬

我爱这往复的花朵
枯了又开。我也如一棵桑树
喂养着时光的蚕
相互在春风吹过的夜晚
举起它的手
向燕子鞠躬

那些永不消失的白天鹅

它们好像掌握了生命之钥匙
从湖水的正面进入春天的大门
湖边的栏杆,柱头上的狮子
凝望着它们的背影以及一根失落的羽毛
覆盖着它们的蛋,潜伏在湖水一侧草丛中
暗长的爱情神秘愈合了起飞时
被箭镞射过的伤

而我深信不疑的太阳和月亮
包容着它们的完整性
它们比我生长得更快
那根遗落的羽毛成为它们的象征
处在萌芽时,开始显出成熟的白

我看见它们,从草屋上滚落下来
然后,我在滚落的地方标记
并在此埋下一段,免使被雷电
击中的誓言

请来漠河舞厅

会跳舞的鞋,煽动
红艳艳的光,黑暗中的烛火

那些在瓷面上晃动的竹竿
成了一场雨水

是八十年代的自行车
驮来的青春。夹杂着时光的低音

张开喇叭,对着空旷的树林
一只鸟没来得及画上翅膀

木马旋转着
请来漠河舞厅

失踪者

白云压着一座山
山坡，属于荒草蔓延的部分
摩托车载着歌声
顺着一面缺口飞奔
另外三面，还是起伏的山

摩托车上的T恤衫
飘着，哥身在江湖
飘着飘着，藏身二月的嘉陵江
已过了春竹的枝尖

近山连着远山
像一件连衣裙，她就穿上
山下的长溪
如卧一碧，等着她奔跑

梯田沿着山坡向上
绿得发亮，让溪中野桥显得更加弯了
烟树衔接草庐
截断了一截山，白云凝固在房顶上
她也像一朵白云，被一座山压着

乡　关

小时候，你是其中的一部分
可以任意出入一道门

西门外，路边的白杨
从两肋长出翅膀
父亲画的小鸟飞走了
西门在背后成为关

关越来越大越来越深
关内的人，一茬一茬在换新

当你老了
关成了一座山
关山难越
把守关山的
只是西门外那一棵老槐树

春　望

风解开东门的闩
草色侵占了青山

穿过浮云的是笛声
可视，可听
从襟袖抖出的草绿斜了裙腰

渐渐靠近
与张望的竹林撞个满怀
那个打春的人却仍在浮云外

我为春天准备的风骨

风,在春天,直不起腰杆
且将它拴住印象派的一只小船
牵引一条河流

我举起父亲的斧头
喊醒沉睡的嘉木
雕刻一条青龙,吞吐野火破土而出

花草含笑,成为一个阅读者
也为自己的角色悲伤,随风四散

我像一个过路的见证人
被春天撞到一截墓碑上

五花马

偶尔会从胸腔中突袭
刚从枯枝上摘下的仓皇
泛起一缕春光。但它很少出来

它拴住一间茅屋
当我把一盏马灯,悬挂在它头顶
才会听见咀嚼的声音

时间也是缓慢的,被剪成五瓣
像一张纸,被折叠燃烧

随我迁徙,在它的背上
满身的日光月影
化为白雪一叹

春天，像一只斧头

从立春开始
森林深处埋伏的刀斧手
就蠢蠢欲动。向我宣示
新的一天，是属于它们的

我必须把陈年的冰
主动掏出来
不然，它们会举起斧头
砸碎冰块。我与泄露的风声和解

并将自己苍老的白发
修剪为寸头，与阳光互相渗透
湖水成为一面镜子

薄暮中，我也被人流簇拥着
朝着春天祭祀的方向奔去

与徐长卿的重逢

我常常被噩梦缠绕
那些山魅,从流着的河水上站起来
欲语还休的桃花,一朵一朵
像蘸满了蛊毒,敲响一面铜鼓
之后,我也会被挂起来
如羊头,被风干,火焰中上升的舞蹈
在背后掀开不为人知的仙踪

他走过来,牵着我的手
他的手是炙烤的,仿佛刚被春天的水煎过
像一株长生草一茎直上
顺着我的胸口攀缘
不为风摇。在我脑中独活
衣带系紧的锦囊
似乎隐藏了让我脱壳的妙计

醒　水

我像一只愚蠢的大象
走出故旧的森林。向着一座山迁徙
靠在被父亲锯掉一半的树上
休憩，然后摔倒在沼泽里
那些巡游的十二支季风
无法使我站起来

我在沼泽里分娩
致命的毒蛇，从四面八方
嗅到了春天里最后一株桃花的芳香
水慢慢升起来
我脚下如踩着一只旅行箱
漂浮到楼顶

轮子分开了
再也不会停下来
从散落一地的风尘中碾过

皆为序章

春为头,发系于一身
系不住身体内部拱出的鸟鸣
莺啼越来越深,渐渐成了雷声
山谷开始空荡
我所热爱的柳树
被折去新枝

还原的钟声,是做旧的
其实不用纠结,这里是不是有过一座
千年寺庙
庙上的兽头檐角都是新的
庙里的和尚也是新的
香火,如一张契约

不为吃斋,不为戒
我把已经抽好的签悄悄
放在了莲花座下

大　寒

燕山以北，不等春风
只等，从护心镜中
长出三两枝梅，抱冰为骨
像几支箭刺破铁甲

之后，才是雪中的焰火
冰封下的温暖呼唤
唤醒沉寂的流水
尚未沉淀的朱朱白白

风，会作为信使
跳跃弦上
给寒冬谱上另一个春天的序曲
裂开的伤口，一匹白驹稍纵即逝

夹竹桃的春日

狗吠,低低浅浅追赶黄昏的吆喝声
一直长过小巷

两侧的夹竹桃张望着
说来就来的暖色
分不清来路的车辙,刚刚停驻在
盲道一侧。柳叶树,被红砖围蔽
它湿润的喉咙,如过门后的锣鼓说停就停

竹子和桃花让雨水夹紧
契合的夜晚。光线便暗下来
一道高大的牌坊为春天挤着疼痛

进进出出的石槛,斜了身子
问谁是桃,谁是竹
卖炊饼的手推车刚刚碾过去
一朵桃色的夹竹桃花含在嘴角

辑三　时光的错觉

一切都在生长

我看见浅滩、湖泊
海湾和沼泽，以少有的姿态靠近朱鹮
小鱼儿，一些在水里的事物开始柔软
柔软得让我在丝滑的温暖地带
不想睁开眼。用一根细长的线把梦捆起来

然后伸直颈和脚，飞翔
时光交替拍打着翅膀，把涉水的背影
留给一个伫立的人

我也试图在灌丛和树林的下层
以更低的白色遮掩瞬间踊跃的红
以树枝摁住这消瘦的喙，建造结实的巢
繁殖更多的梦幻

潮汐想念月亮，弯曲的嘴已经说不出
水边发生的，食物链上晦暗的往事
如果，这些梦境依然持续
或者当我不再醒来，请将我和一只朱鹮
做成木乃伊，并放入陶罐中埋葬
只留下那些飞翔的羽毛向蛇投去

那些遥远的年味

依靠在弯曲的树杈上
一些带有朵朵善意的雪片，覆盖我
从轮回中带来的脚趾，手指只是摸
似乎熟悉的脸，也是仰望
雪片后面来不及晦暗的，尚有些茫茫的白云
慢慢地，身体与树杈融为一体
只剩下戴着的小红帽
这时，像一朵真正的梅花

之所以苏醒，是因为父亲的一匹马
从洧水驮回来了几只
长有翅膀的蝴蝶
它们喷吐彩色的火焰
围绕一个院子在飞翔

然后，我闻到了香
那些香，来自一间低矮的草屋
母亲用一根骨头堵住我的嘴
生怕我喊出——"喝油""喝油"

我喝着北风，看见一只鹤

偷走了父亲的马
等我再次弯曲身子
躺在从前的树杈上
年——真的像一只野兽
追赶我,我从此与食物的味道
分离。并因此消瘦,化冰为骨
从前的梅花,也消失在幻觉中

此时夜幕刚好合拢

老物件从藏匣里偶尔会呼唤我
把它们取出来,一盒火柴,一根温度计
我点燃一根火柴闻它瞬间即散的硫黄味
看它最后的灰烬在圆圆的头上不肯掉下去

水银如一条蛇,被我温暖的腋窝夹持在
一个向上的三角形,蕴藏的火
慢慢上升,与我保持紧密、和谐
让体内的那些魔鬼从容逃开

一朵绿色的曼陀罗花,穿过黑暗
像一枚印章,给属于它的田间、河岸
山坡印下一个又一个胎记
作为背景,穹隆样的天空快速
而简单移动光影

四方桌的一侧,我与移动形成对称的锚点
它的根冷漠观望着温度计掠过手指
一个叫作大寒的人刚刚出去
给春天送信,当手指划拉藏匣的密钥
此时夜幕刚好合拢

女占卜者

脚上的露珠,拎着一轮上弦月
蝴蝶停止在草尖上,孤独的一本万年历
正翻身阅读,被风吹散的我们

我想停下来,让一只幸福鸟落在肩上
每个想象的词语展开辽阔
展开眉间凝住的河流,这尾鱼
似乎想寻找大海

于是,她拇指掐着指节
像一座山走到另一座山
路边花坛一株又一株的凤仙花
看着我这个偏废的人,哦,不
这世界那么多人。在一个掌心上,翻筋斗云

我只记得她最后的一句
"还在爱的时候就爱吧,不要杀死任何的马"
疑问真的成了一匹天马,慢慢
揣测这句偈语。背影如一只又一只
灯笼。挂在腊月的电线杆上

灯火未眠

父亲种了三棵树,枣树、苦楝树、杨树
每到秋天,打落的枣与落叶一同进入胃
落叶也开始在腹部生长,酝酿
寒冬将至,怎样牵杨花的手

苦楝树一旁发笑。它的果是苦的
我有时觉得它的笑是嘲笑
嘲笑那个爬上去又轱辘下来的少年
并因爱生出恨意

村后的清漍河。守护着一座土窑
我把一块块土坯搬进去
等土色变成蓝色,我又一块块搬出来
我的骨骼因此强壮,黄昏的鸦鸣
子夜的马灯,给我说深浅不一的往事

后来,我顺着这条河流漂走了
在大运河的另一侧。我看见很多桃花
它们对我讲述一些枣钉
听着听着,杨花飞絮
那些苦楝子啪啪向地上掉落

辑三　时光的错觉

等深线

左脚踝，被两根金属棒夹击
夏天的火佐证，这不是谎言
后来，心脏、毛发，一直到右脚踝
串联了一场革命。它们下潜
像沧海游弋的鲸

起伏的脉络，被一个初来的护士
注入盐水。一条晒干的鱼
高高悬挂在海平面上
海水开始漫卷

直到吞噬了垂钓者的青春
才从他顽固的供词中
逼问出了真相。而阳光在一侧笑而不语
仍在等待黄昏时归来的乌鸦
口衔一块儿布，封闭所有的弯曲

阅读者

我在清晨等一匹送我去车站的马
坐在楚河的一侧翻翻头条往事
一堂课的钟声我就到了天津
看到一个诗人在天津西
说及诗与人。那时我在天津站
阅读自己分行的原因

机场书屋,我选择了《额尔古纳河右岸》
填补修行的等待
白云成为零下四十三摄氏度的雪
在舷窗外追逐一匹马

就这样三十年往复汉界
然而,还是清晨出发时的样子

代表作

枣树

父亲是一个木匠。对木的执念
怀着从未说出的理由
院子里种满了枣树、梨树、香椿树
在庄稼地林路的两侧,到处是他的白杨

童年也属于木,像一棵枣树,木生酸,酸也伤筋
偷摘摔坏了筋骨,躺在床上听秋声哗啦啦打算盘
零落遍地。我好像也在一场预谋中
渐渐变得坚硬,口中噙着的枣核
无法用足够的内力将秋天如弓箭一样射出去

梨树

顺着院门直行,春天就可以抵达它的枝头
梨树成为春天的入口,每当它张开
白色翅膀欲飞的时光,梨花就可以包进窝窝头
润肺,止咳。却也因此患上过敏的疾病
至今无法治愈。爱情握在手杖上

无法丈量出四月的火焰

香椿树

香椿树是属于母亲的。它属于春天的流水
摘下嫩绿的茎叶,浸泡在盐水里
沉于陶罐,用盐浸渍了我们的骨骼
让春天的花朵继续开下去

父亲做了一张椿木床,他最后的代表作
父亲的肋骨开始疼痛来不及为它抹上桐油

遗嘱

某年的夏天,他说,把门打开,开得圆一些
我就把两扇门都开到底
我站在他身后,也望着他凝望的方向
几片白云仿佛几匹马拉着太阳的车辇
午后的阳光停留在最短的六月

木锯,斧头,墨斗,曲尺,直尺
开始在阳光中跳跃,它们即将失去主人的掌控

黄昏来临。父亲将一把鲁班尺
托付给我说,只用红色,方寸之间留白

那些斧头、木锯、墨斗、尺子们
被我悬挂在堂屋的梁上
只剩下一张椿木床,变成我的药引
可它一直未能解开疼痛的根源
像一颗牙齿渐渐被咀嚼
岁月也在虫蛀里满是漏洞

辑四 时光的灯盏

万物为象，一切都在生长……

你不经意间，会忽略所有的暗示。我还在事物的一侧，继续悟觉……

第十九棵棕榈树

海风数着第十九棵棕榈树
偷偷用指甲刀刻上一个符号
大鸟弃了滩涂,向更南的海角渡风的苦厄
我像一只大蛤用线条和相似的颜色粉饰
事物与事物之间的联系

随着阳光向西北以北迁徙
这一切都是我的幻想。将故乡
以海市蜃楼的模样投射在海上
我看见阳台上的仙人掌
窗外坚硬的山石,正在移动光影

今日有风,无雷。适合进补
适合藏进橱柜里温暖一颗樟脑丸
太阳仍是一个奔跑者不肯停下来
时间或者是隐藏在它骨头里的癌症
黑子在一场雪里等待针灸
或者会被苫盖的白布遮掩倾斜的背影

打虎口

老虎上山后,在夕阳下
长啸生风。风唤起一片森林的恣意
开始长出一朵花
女人们趁着黄昏抚摸河水
老虎下山,试图驱赶
这些扰乱梦境的女人们

一个叫作虎子的年轻人
把老虎摁在溪流的上口
老虎没有死去,它成为一颗凹陷的石头
虎子和其中的一个姑娘有了爱情
繁衍生息不止。每当泉水枯竭
妇女们便把卵石抛向老虎的凹口
泉水就潺潺流向村庄
原来这只老虎是母的

村子里花婶听我说及另一节武松打虎
吓得晕了过去
我急忙摁着她的人中
手搭虎口,一朵花样苏醒
在凹陷的山岭上

回家的路

一辆马车,透过缝隙碾碎了
秋天的落叶
消失于背后。项链与雨夜
滞留。一再回顾的双眼
替衣襟抹去最后的泪水
旧火车,拥抱着北方的森林
之后,一片片的雪纷纷而来
淹没林中的木屋

来不及有太多的悲伤

事实上,那些从地面凸出的部分
会形成一座山
我会选择某一个春天的清明
献上亲自种植的果实的种子
然后,我会取走灰烬

回到五月的麦穗上
等镰刀把时光分成一段一段的秩序
我会重新摄取三颗种子
缝入大腿

海水垂直,高仰的视觉
慢慢放平了身子
一些被它磨平的珊瑚
漂流过来
在我眼里是红色
我把它们串为一串
戴在脖子上

只会一种方言

走出一个箱子形状的房子
有一条笔直的路通往海滩
两侧都是长方形的房子向上竖着

浅滩上散步的白鹭
偶尔飞起几米远
重新落在海水里
丝毫不担心过往的人群
举起相机拍照
失去雍容的姿态

白鹭低喃
我用家乡的方言
说是哪里哪里的
白鹭就又飞起来
看上去很美
风开始朝着温暖的方向吹

黄　昏

夕阳回落地平线
需要睡眠
不小心，或者故意
留下的彩霞
让看到的人群
像几只晚归的鸟
雀跃一阵子

我也想借此光线
画一幅画
不用透视
不用象征
就能把路、树林
直通村庄

苦楝树

少年时常常被它蒙蔽
浑身结满了果
咬在嘴里的楝籽却是苦的
苦楝树长,少年也长
苦楝籽越来越多
少年也越来越大

这棵楝树却消失了
它被另一个人用斧头砍伐
做成一张床
每晚睡在上面
有时手伸一下
就摸到了一颗苦楝籽
他让另一个少年吃下去

风的轮廓

风带着远嫁的彩礼
正将属于我视野所及的
带走,如果我也是风的一部分

我将看见秋天的轮廓
正以光的时速远离
它们不肯把我变成它们的一部分

我必然不会屈服
衰老与落叶
达成默契
只需要泥土的一部分
不再要求什么

群山还可以等待草木
大海也可以等待
结群的鱼隐藏在水面之下
我只是看见了风的轮廓
风也只是我的一部分

偷窃者

肉食者,把归宿
作为素食主义的理由
堵在一座山里
萝卜在田野的角落啜饮
来不及收藏的露水以正视听

阳光没有站出来
嘈杂的,有动物的,有人的
狗吠流落在将要起动的车辙上
不是从一个人口里吐出的
围绕着,不肯离去

缠绕或者迂回林间的路
丢弃了红褐色描摹的皮肤
时光的脸也像被撬动了一块儿红砖
摇晃几下,整个山都在倾斜
属于它的孩子们
卸掉了落荒的面具

台　阶

之后。陷落一片涂满色彩的叶片
坠入无际,黑得发烫。似乎这不是初衷

火焰是倒卷的,像逆袭的春天
能听到午后被烧焦的鸟鸣
将台阶平分在去往初冬的路上

又之后。斜阳是沉稳的,抱住肢解的时光
等黄昏落入窠臼掰开夜色的手指

风从深远的海水里带来大片的蓝
躁动明显。失落的温差大得冰凉
手指不敢抚摸背影

有那么一刻
想起来江枫渔火,平沙落雁

我试着爬上山顶,或者山顶的一棵柿子树
像一只鸟栖息
远眺。吃熟透了的柿子
那些被岁月所遗忘的

一只酒杯的忧伤

夜晚由此放下笔直的姿态
潜伏的岁月被杯底浇灌
青瓷的碎影一口饮下
来不及咽下的莲花

卡在喉间
夜也因此在微微泛黄
液体里
讨论一杯酒的质地
是不是纯粮酿造

它一直存在着。有时会从折射中
让你看到更多的时间从黑暗中升腾的
风声,来自破解后的影像
从最初持续到最后
它也不会沮丧。因为它所有的
荣誉,都出自醉后
红烛列举的名单

那只杯子,孤独地转动着
湿漉漉的一只眼睛

钻天猴

钻天绳越升越高
直抵云端
猴子嗖嗖地爬上去
从云端扔下苹果、香蕉和梨
柔软的绳子像坚硬的高杆

它或是插入地下长出来的一棵树
只是光秃秃的
戏法师在五月的阳光下
双手端着一面锣,挨个走过围观的人群
用乞求的眼光等着
一张小钞、一枚硬币
敲出叮当的声音

眼镜蛇

比如蛇。骨头是软的
冷血,遇见,我要躲开
有时还要做噩梦
我必须呼叫,空中的蓝色力量——鹰

在鹰眼中蛇就是一条小虫,蠕动
纠缠。侵吞家禽,幼小的能吃得下的小动物
如果吞下大象,也会被撑死
一掠而过的出击,一击必中,然后扇动翅膀高飞
那是属于鹰的骄傲。蛇发现了天敌

蛇喜欢报复,所以我忌惮
在三合会里,蛇、鸡、牛构成三角联盟
蛇偏偏爱吃鸡。鸡胆小,常常飞在牛背上
我属鸡。所以我忌惮蛇
蛇属阴火,要用明火攻
鸡属金,因此怕蛇。但鸡有时会飞
涅槃后,成为真正的凤凰

桃花源

绝口不提范蠡。不提汜水
生长的出口,只为过往的一瓢饮
解之以驱逐的山石,坐望肺部吐出
饱满深情。最初的信使,让人亲切

来路可道的江水,正在祭酒
怀抱孤鹜弃飞在无羁的旷野
躬耕夜色,车辕牵动羸疾
庄稼们同声共语,替你诊治迁徙的小恙

秉烛抵达一张纸的深处
尽可以入木三分。与两侧侍立的夜叉
痛彻兼容的昼夜,可以略去匆匆的自嘲
鼓吹。在背后拴起了三千弱水
细烟磨出的小草,在史书上任意一横
挂在稻草人守护的麦田
不为折腰的风,吹开五月的金黄

黑色的帐幔让高门显得更加高雅
体内的温暖越过一匹白驹
带走安静的余音。像我头颅控制的中枢

震荡在掌握的列列阵图,每逢出示收获的日子
就可以排出一片一片的面具
坐享其成。偶尔也会在末尾,让陌生人殿后
相结约圈为盟主的纯肉食时代
让草色,在尘埃行吟,所呼唤的黎明
尚未透出晨曦的一缕生机

八月,可以让夜睡进去
可以让秋水渡过所有的饥渴
让原野的粮食回到渴望的腹部
至迟,也应乘船,给予归宿的风向
在水与水之间奔波。一个人的秋天
像时时隐居于田园的蛙鸣
它们像我一样挚爱自由,接受
真诚的问候

树用腹心温暖着黄昏没有退路的乌鸦
三分在色彩的描摹中
渐渐有所归依的歌唱
从乡间到都城,岁月似乎已经忘记了
晨夕、山川。雨过洗尽清秋襟
扣在对视的桃花上,排列在
三月。目下的白露,在霜鸣的啪啪中
我看见松柏子,落下转折点

当拂袖而去的隐者,为自由退场
萧索的空宇,了无可阅的字里行间
我注视它们的低沉,是否藏有向上倾听
或者掩耳,时时见于朝野的锐
见于市井的拙。把脚步放慢一些
云端也会滴落几滴传说中的亲密

饥饿之后。你开始煮酒
从肉体里抽取精神
致敬。一笔带过荒废的城堡
我们向往的村庄,也在逐渐缩小的光圈中
渐行渐远。你蜷缩在自以为是的辞中
开始喂养身体柔软的部分
把抽取的事物分秩序还回去
然后,也成为隐者

当出口慢慢迁移到胸部以上
要时时地观望草原上的绿色
让青翠的草场、奔马
让清澈的湖泊、舍鱼
卸甲解下鞍辔。青松偃卧,莺啼高山
在崭新的契约上签上你的名字
画了一个可以自由退场的圆圈

比我们还遥远的九月

你以为触手可及
采撷回光返照的一粒红豆
误读风中的祭奠
裂缝里的光肆意堆积枯萎的
菊花,煮酒,秋色入梦
之后陷入绝境的青梅,泡在洛阳的
草色里,为百花,为石窟描摹下的龙门
鞠躬。穿起九月的袈裟倾听一朵菊花的痛

掩　耳

所有的黄昏被诸神把持。从晨曦虎啸声初露
一直到正午的丽日将九天的层次分割为片段
一根一根的木桩进入土地的表象
试图从交响的漩涡中找到视觉
竹木与金属之间相互征伐的悦耳
被五匹马带走蹄声

不远处就是森林，森林的背面还有轮廓分明的
阴山。我坐在这棵树三分损伤的关节上
两片唇龕合红叶，从磨齿的断裂中吐出舌头
呜咽的深喉，放慢了呼吸，有炎症的鼻腔
仰望天空中正在滴落的雨水

宫音袅袅，裂锦缎以黄色的线条，任由我缠绕在
这棵树枝之上，开始生出牛角
跃跃欲试，似乎能将隐约的森林
迁移到河流两岸，让村庄显示出大河奔流之象

渗　透

牛车的辙痕，似乎在面前一闪而过
以另一种方式，呼唤着我
曾经埋下的种子
背影里落地的钟声
穿过时光，拍打缓缓降临的黄昏

它们，使我变成了一只乌鸦
而椴树上没有可以留恋的洞穴
让我停下供奉腹部的月亮女神
只是暂且躲避这一晃而过的闪电

但是，还有被森林放养的水源
以及一些温暖的疏影
还有落花可以怀念，我看见
被月光误伤的马厩拴住
那一匹黑色的马。正泛起白光
请在我熟睡时，把新鲜的椴树叶
贴在我的眼睛上

空空如也

花婶坐在圈椅里
左手握着右手
默默,好像有说辞的口
偶尔也有鸟鸣从七绝的空响中
回荡一下。滋润喉咙
如此。整日的阳光
从东墙,落到西山
花婶没动一动她那丰满的身子
我也没动

参照物

我在岸上。你像小鱼儿
一泓秋水把你的全身装饰为金色
注视着我。我的脚再不敢向前探出一步

子夜的小村成为边界。追溯或者
生生不息循环下去。你还是在那盏路灯下
等欲望的列车。刚刚开始
而我已经沉浸在梦里。脱身,与缠绵结束在终点

东南有梧桐,出入风门。西北为天
就这样持中的黄土地,距离你很近。黄昏之树
反复地经过我的门前。哑语的花神,被绑在沉默的端门

栅　栏

意境里的笔尖，让一个秋天
随意萧瑟。正如一朵花
在它的内侧，揣摩一场泪水
如何逼真，如何让撤退的春天再次回到眉心

只为这轻轻的一跃
所有的色相便倾倒在尘埃
分辨不出哪里是风，哪里是雨
颠倒着双目漠视的旁白
漏洞慢慢从日落时分
爬上锅台。岁月的汤水
正在煮一颗烫伤的红豆

返照的镜子

背影,从莲塘里捞起
旧时的一张相片。偶尔清晰地
将你的声音匍匐在无羁
信马由缰。塞外的草原都能倾听到
从未有过的忏悔

折叠着你骨头的脆性,一张纸
时时让舒展的波涛汹涌在一丝一缕
隐匿的刀锯声响
一直在一个夏日的午后
不肯将逝去的回音传送到马背上

泥土残存的种子拱破编年的原野
等秋风入库,秋水漫延
你转身的瞬间,未时的针灸
刚好穿透你的无名指

听见的低语

仍有蝉鸣,在白露即将揭幕的皮影戏里
替秋天折叠几声月亮的呼唤。好像我的花妖
在远方,一条徘徊的河流,泥沙埋到城市的高处
不给你再起风云的那昂贵的几匹
赤兔与乌骓。关山,只剩下垛口

这不是你想象的河流。它仍在黄土上漫延
最后被收割于日夜往来的波澜
我就站在那里,和大地保持着相同的节奏
铁塔尖顶掠过的鸟鸣
故乡撕开锦帛,与瞬间即逝的蜃楼相吻

剃刀的边缘

每月的十五,我都要
在老张的理发店
暂坐,老式理发椅让我安然地
放任落叶,一片一片从腹部刮过来,围绕着
身前身后。闭上眼,不敢看刀锋上的光
此刻身怀谦逊,不说一句话
有时会想到梦境,当跳下悬崖的瞬间
也是闭上眼。谨慎地抚摸下巴
每次的生机
每次从镜子里,似乎都能听见
逃生后的惊惧与敬畏
陌生的,熟悉的

萤火虫

如果你也爱着
请不要收敛你的爱意
呼唤我的名字"景天,我在"
一周的宵烛
仅仅就是为这一声的回响
就是你的仲夏夜,惜惜相照
夜光无数,你只需捧一颗在你的手心
飞翔的翅膀不负十月脱胎耗尽生命的等待

午后的雨,像散章的相思没有秩序

就像我眼前的这场雨
突如其来。让我在困倦中
继续一场困倦,一直等到失眠的时候
再想起,莲塘渡鹤

就让这无法预测的风向
随意吹起蝉鸣,知了知了
叫个不停
也突然而去。就像这眼前的雨

四时之水,秋水最清
就让这秋色围堵
出口。不让丝毫的点滴
放过今夜的冷月
就让它失落在村庄的梧桐之上
酿成涅槃的火

退至江湖之远

我们总是说及归宿
说着说着
叶子红了,秋水更远

我召唤风,做我的剪刀
把体内仅存的语词
进行修剪
让它带给你阳光般的温暖

胸中点墨蘸一场秋雨
如眼目奔涌的湖水
支撑这辽阔的蔚蓝
山脚下草场低伏的羊群
正等待自由写意

忽然传来布谷鸟的叫声
一抬头,便是人间的烟火

像青苔一样想你

我知道，在你经过的白昼
有一些植物同样从内心滋长
由眉间一直长到毛发
你经过的山石、水池
偶尔会将过往的激流
倾泻于屋瓦、颓墙

而米粒一样的苔花
在夜晚，在人迹罕至之处
会濡湿曾经的青春
我期待，四月的花城
能等到那个阅尽繁华的人
来画一幅牡丹
所有的光与影
也会从青石的盟约中说出
来不及遇见而遗失的美好
来吧，我爱

云播放

牛车
被我赶上云端
笛子由两朵失散的
桃花抬着,风随意吹进每一个
音节,每一个孔洞似乎都要冒出火
子夜的中间。猫脸一般的花妖从丛林返回
伏牛山上,提前控制了遇山则止的预言

那个吹笛的牧童
飘浮在地上追逐他的草原
水和土,被另一个男人控制着
他在春天的草尖上飞跑

如果,在夜间,你仰望长河
越过更多的云层
会以为我是月亮上的男人
其实,你错了
我只是被遮蔽的声音
从云端飘落了下来
寻找一个孩子

一只乌鸦

当语言死去。我只剩下手势收拢
黄昏最后的余晖,让一丝光停留在我的表面
夜晚似垂危的鱼眼含着病态来临,我与它粗糙的外壳
惊人地一致。这时候翅膀从瞳孔里瞥见犹豫的蛇
真相在黑暗中颤抖。事物并没有改变赤裸的深度

当时针转过宫殿、丛林。霜冻中的爱情
正在结冰的花朵上交欢
试图把隐约的谎言在冬天贮藏
一场雪崩将注视着创伤被埋葬

流水用零落的音节击碎一匹马的意境
藤蔓根一侧深埋的底蕴
成为我的药引,引领着飞翔即将散落的骨架
以及未流尽的血痛苦的治愈
我唯一的担心
是那群过往的黑客盲目的窥视

月桂之血渗入我的脉管
头颅像一朵云漂浮在寂静的抑郁之上
而颈项、羽毛感受不到丝毫的压力

每当这黑夜降临,我习惯性进入失眠
或心神空旷,或揪掉几根发白的翎羽
残存的光芒仅仅抚慰了
我的眼眶继而坠落尘埃

村落在马蹄的挤压之下
延伸在明月以远
在最后的晚餐溺死之前
升起背景中想象的炊烟
以及坟墓呛着我的咽喉
它使我快乐或者
让我的羽毛垂了下来

这时候,我想啄开上帝的裹尸布
看看里面是否隐藏了预言

一朵花开在生命的出口

春天在我的身后,只有咫尺的距离
衣襟上的双排扣,扣住花朵与两岸的呼吸

倒叙的列车,行进在交替的序章上
所钟爱的树木,与河流攀谈已经消失的村庄

苏醒的种子,从身体内部发酵
枝叶丛生,宛若一个刚从百花苑中走出的新娘

我必须让出心脏仅剩的血液
把青春亲自交到你的手掌

无论是否有最后的叮嘱
总会有一把钥匙。打开生命的出口

草色在盲风中

每每临近秋天的腰部,风便是盲目的
形存于茫茫无视
所见的水源易位在十五的蔚蓝
等列星陨坠,似乎也有周遭的蝴蝶
从地面从草尖一直到无际的上空
将夜色包围在梦里

秋天生出兔耳
五色,已经埋葬在视力所不及的地下
五音,已经被更远处的一株桂树悬挂在
捣药的木杵上,月圆内视
外不能决的黑白论衡
正以别通的缥缈舞姿
打开因丧失归路而拜祭的封印

简陋的草丛,是否有千年的蓍草
尚未刻写无语的昭示
仅仅凭借秋声中过往的雁鸣
不足以抵达故乡的门槛
与遇见的牛童耳语

有关左眼辨识的甲骨
正被殷墟上的城墙瞭望
恍惚之间带来的粮食
也被囤积的黍鼠,以囚禁的形态
淹溺于一池酱香

雪,逼近禾木的空荡
试图填满观望的平原、湖泊
然后了然于高山上的雪崩
充耳不闻的天鼓
扼杀时光的涩爱,涂抹剩余的色彩
让我们为之哭泣
而饮下这杯酒

燃　烧

它已经死了。光秃秃的
不能再让剩余的气息，污染生它的土地
就像多年前，我也不能回到土里一样
燃烧吧。同我的灰烬藏于匣中，共鸣

仍然在原野上吐露生机的五官
扑面感受冲上云端的灵魂
天女散花，一道道烟，浓妆涂饰
流于形式的苍白。落入埋伏的窠臼

趁机可以在空旷的经纬间
铺上丰盛的水果，烧烤一场风花雪月
不要距离天空太远，让色彩蔚蓝
具备幅度，照耀可以修复的瑕疵
哪怕修复的时日，一再贻误

田园与隐者

百花园的花按照秩序
随节气开放。其实有没有春风
关花鸟何事
麦田五月到时就熟
八月秋收的庄稼
与泥捏的兔何干
我发现了二五八作将的来历
搬砖砌墙,顺其自然
和

冬天的雪,说来就来
风更加凛冽,假借呼啸的寒意
让人屈服于温柔乡
雨见势成冰,偶尔放肆几滴零落的碾尘
梅花主宰了北方
而岭南的苍梧分飞黑脸琵鹭
温暖了衣袂飘飘

咀嚼的奶牛
反刍村庄落下的黄昏
虚混太清的两座山

坐观垂钓者

凿开江面的出口

徒有羡鱼的盲色

湖水几乎与岸齐平

我们一直期待十五的潮

生在土炕的边缘

不用手摸

就能让月色跃上桂树

清淡的笔墨

挡不住自然流露的线条

倾泻如注

草丛隐匿的烟瘾很深

山水田园

一夜之间，坍塌在无边的虫鸣里

捣药的杵悬在圆月的背面至今无解

像一只鹳鸟迁徙

春天是一个召唤者,我会依照
遗传的飞行轨迹,回到北方
用又长又结实的尖喙
衔来柳枝,让河水欢悦起来
这时,你会看到我站立在屋顶

单脚伫立。从怀中取出
一只幼鹳,面向我眺望的
并一直提及的那片土地
属于它又黑又白的羽毛
当清㵲河的水把春天分作两半
它将成为另一个迁徙者

并能听见簌簌声响,在追赶
老宅草丛中逃窜的蛇
如果你也在河边濯足
别忘记我也是在等待一场清明的雨

朱　鹮

月亮这时刻是隐约的
刚上升到西南方
就已经被雕琢得接近完美
如同它弯曲的嘴
口衔浅滩所剩无几的小鱼儿
然后回到黄昏的幽暗处

我与遇见的它们构成三角形
光影，呈现在渐渐逼近的夜风身上
如果你发现，我是因为误食了
一根飞翔的羽毛
请用一根耧斗菜治愈我的贪婪

关闭不了的春色

春天也属于意识流
它滋长着情绪。夜风挡不住
让三月的疏影悬挂
在它所笼罩的薄暮中
像最后的半阕词比较婉约
我试图像一只鸟飞上去

把自己写意进一幅画
为穷词未尽的意境作注
当我的浅淡,为一支笔所困惑

月光里的翅膀

每每在戌时,一只鸟就会口衔月亮
飞回它原来的封地
与黑夜不停地交流。直到阳光
从沉睡的钟声中醒来

秋天,被反复眷念
喝了一杯被下蛊的药
舌尖上弹出的音乐
让人心生倾听的欲望

错过的风,一路从北向南
试图将季节的消息传遍天涯海角
我站立在日月交会处
目睹了这一切

有关秋天的叙述

我也会如旧时的老电影
让已经过去的时光重新反身
走到我的底片上
一格一格地数下去
指出缺憾、失误
甚至是不可撤销的
没有背景的渲染
似乎无法分辨出黑白

色彩让人直觉金黄的沉重
在黑夜中泛着光
隐匿的红木
在色彩的背后显得肤浅

直接介入的月光将这个秋天
以及它所有的内涵暴露无遗
候鸟把迁徙作为借口
从舞台的侧翼,揭开一张又一张的脸谱
一旦错过了装束的前奏
你便无法决定自己的命运

时光螺旋般的递进与上升
有时不敢相信事物是否有性别
叙述的口吻一定是在叙述
落叶提出重新来过
苹果更加质疑枝叶的引力

阳光由此开始对视觉描绘
一直持续着。连街上去过的店铺
游玩的地名、种植的花草
都清晰而显现
然后，在你的阅历中
无法插进任何的标点符号

秋声平平仄仄
吟唱山谣
我也在一边观看
偶尔会跟着围观的群众叫一声
湖水跟着泛起涟漪
夜晚不再安静
失眠的症结弹出箫声

绘声绘色的意境在断片中
似酒后阐发右军的真迹
让人如亲临行间的青翠
久久不能忘怀。打开眉目的视野

蓝天寥廓而高远

依然延续的传统簇拥着深秋的臀部
我也像一个从众者,观照自身
月亮一直圆着,在它的晕圈以外
或者草根点缀一隅
被切割为一块豆腐,偶尔匹配粉丝

风自然吹向相守的位置
依然是隐而不显的蛙鸣
在鼓声中微不足道
将不同的距离遇见,我也在转动的钟摆上
迎接一场雪,满足眼目的注意力

青 春

这一匹马。向着东北方奔驰
星月也分不清谁是骑手
与我一起成为赶路的伴随者

它有时会停下来。驻足草原
让一片安静的湖水,激起几粒
水漂,我也在水漂上
对着它喊山:"你在哪里"

山就会静止
风,成了唯一可以抚摸的
回忆。属于瞬间即逝的闪电

就像房屋山墙上
悬挂的马头骨
如果,青春可以重来
这样我们可以免遭不幸

昼夜分割线

一滴水从北方出发,割舍从前的雪,山下作别
与琴音稽首,环顾,苏醒的春天以你孕育出
森林,念念不忘的河流,耸立一棵树怅望盟约
年轮因此系于一匹马

如果,风摘下这片叶子
它必然是一段温暖的衬托,走马观花
烂漫可以注解所有的往事
曾经梦境里流动的沙会说及红尘
隐约的耳语一定要听
草木执念的门扉,在等一个题诗的人

比如,已经离开了雾霭笼罩的清晨
于出发的地方可以正面穿过黄土的衣裳
火焰足以对射,那么,九歌,也会在棕榈树下
花妖一般翩翩。礁石上篆刻的长生
正坐在莲花上,手拈拂尘

寒芒分不清风吹来的秋色,
正在纠结蒹葭。哪棵是荻草,哪棵是芦花
溯洄的水路,字字偈言。一亩方塘,落于黄昏的低处
无限秦风,潜于清野

第一种色彩

它一直存在着。有时会从折射中
让你看到更多的时间
阳光已经从东迁徙
让一只鸟停住身
它就开始涂抹

不能从黑暗中升腾的
风声,来自破解后的影像
渐渐穿越月光的缝隙
握住即使是一瞬的喜悦

从最初持续到最后
它也不会沮丧。因为它所有的
荣誉,都出自红烛列举的名单
是的,我就在那里。被一个人编辑
然后装订成册。写上它的签名
时光的色彩

穿过幽暗的岁月

渡鸦不会打扰自月亮升起后的,那些时光
原野上,在仅有光的地带,可以忽略目盲
用左耳,就可以听得见,鬣狗围捕雄狮
跳到残缺的枯树上,它虚荣的叫声

渡鸦讨厌群居在草原上的那些王者
反而对下山虎充满敬意
只需要一座山,有森立的树木
河水悠闲,无论草木青翠还是雪野辽阔
那一声长啸,让我踌躇半生

十八湾里虚拟十八碗青瓷的底部
尽是山间荒芜的传说。揭开地穴的出口
时间便有了托词。足以容下枪挑葫芦酒
火烧草料场。而怯懦被世间传得沸沸扬扬

窗户可以推开,也可以自然落下
上升的橱窗不会责怪风
落叶卷起的残云,会被春秋执笔
而所有的幽暗只是湖泊中,被一笔带过
慢放的几幅,油然而生
挂在壁间,在现象学的古典中成为蓝莲花

有个人在喊我

每每在黄昏时,就能听到一个声音
然后变成黑色的夜,我也在夜的
簇拥下与之谈心。一直可以持续到猛虎出山的时辰
之后的困倦,可以晾晒一整天
阳台上的花开了,我都不知道
羊羔体的温柔被写成一本空洞
如果论及无限的谈话,我是再合适不过了
请给予你真诚的赞美。等等,是谁在喊

被风吹散的我们

骑马的人可以从草原,然后到城市
命名一条路
喜欢佩剑,鞍辔要匹配骑马的人
驿马,天马,命马
鞍前马后,有月光照着,还有马球杆

我学张果老,倒骑驴
驴能记路,也能先于我明白
神仙的旨意
我在驴背上写一本伪书

忽然一阵风
与吹散经书的风没有什么不同
我把这一切归罪于从身边飞跃的白马
祖传的小李飞刀阉割了它

一些在街上晃悠的人群
看见了玻璃幕墙上隐约的更多黑马

我把驴拴在磨坊里,它拉磨
沿着磨道,我清扫自己的晒经石

后　记

　　这本诗集收录了诗歌188首,是时光呈现色彩的一部分。诗集总体分为四辑,第一辑"时光的河流"44首,第二辑"时光的色彩"50首,第三辑"时光的错觉"38首,第四辑"时光的灯盏"56首。

　　人生有涯,诗海无涯,回头是岸,总会有属于自己的果。诗歌或怀乡,或托物,或追悼逝者,或寄望余生。借物抒情,有感而发;写诗也是一种永远的漂泊,至归宿处,便是解开了结。诗不为形式束缚,觉察与呈现;诗艺也无涯,生长一直持续着。时光的内核,尚有很多待解的部分。等生命所有的悲伤与欢愉,以风的形态,抚慰黄昏的鸦鸣,呈现词语的光华,我将在火焰中痊愈。

高超峰

甲辰春于临莲斋